梁实秋 著

人生幸好有快乐

图书在版编目（CIP）数据

人生幸好有快乐 / 梁实秋著 . -- 北京：北京联合出版公司，2024.3（2025.8 重印）
　　ISBN 978-7-5596-7329-9

Ⅰ. ①人… Ⅱ. ①梁… Ⅲ. ①散文集—中国—现代 Ⅳ. ① I266

中国国家版本馆 CIP 数据核字（2023）第 241397 号

本著作物经北京时代墨客文化传媒有限公司代理，
由梁实秋家属独家授权，在中国大陆出版、发行中文简体字版本。

人生幸好有快乐

作　　者：梁实秋
出 品 人：赵红仕
选题创意：北京青梅树下文化传媒有限公司
策划制作：子非鱼
责任编辑：高霁月
装帧设计：末末美书
封面插画：Tenkin
内文插画：喵小白
内文排版：麦莫瑞

北京联合出版公司出版
（北京市西城区德外大街 83 号楼 9 层　100088.）
北京联合天畅文化传播公司发行
北京美图印务有限公司印刷　新华书店经销
字数 160 千字　880 毫米 ×1230 毫米　1/32　9 印张
2024 年 3 月第 1 版　2025 年 8 月第 4 次印刷
ISBN 978-7-5596-7329-9
定价: 54.00 元

版权所有，侵权必究
未经书面许可，不得以任何方式转载、复制、翻印本书部分或全部内容。
本书若有质量问题，请与本公司图书销售中心联系调换。
电话: 010-64258472-800

今天我请客，请你快乐。

人生如此艰难，你要学会自己取暖。

与其强求别人改变，
不如把心放在如何让自己快乐生活上。

在这路遥马急的人间，慢慢来是一种诚意。

在有酒有肉的日子里,款待没心没肺的自己。

今日无碍,明日无忧。

智者乐水,仁者乐山。雨有雨的趣,晴有晴的妙。小鸟跳跃啄食,猫狗饱食酣睡,哪一样不令人看了觉得快乐?

——梁实秋

你走,我不送你;你来,无论多大风多大雨,我要去接你。

——梁实秋

目录 CONTENTS

辑一 世相万千，如你如我：人类是很有意思的

古今中外没有一个不骂人的人。骂人就是有道德观念的意思，因为在骂人的时候，至少在骂人者自己总觉得那人有该骂的地方。何者该骂，何者不该骂，这个抉择的标准，是极道德的。所以根本不骂人，大可不必。骂人是一种发泄感情的方法，尤其是那一种怨怒的感情。想骂人的时候而不骂，时常在身体上弄出毛病，所以想骂人时，骂骂何妨？

003 …… 同学
007 …… 请客
012 …… 排队
017 …… 讲价
022 …… 婚礼
027 …… 守时
032 …… 吃醋
035 …… 脸谱

039 …… 厌恶女性者

042 …… 谈话的艺术

047 …… 骂人的艺术

辑二　行至水穷，坐看云起：自然是很有情的

> 水仙一花六瓣，作白色，花心副瓣，作黄色，宛然盏样，故有"金盏银台"之称。它怕冷，它要阳光。我们把它放在窗内有阳光处去晒它，它很快地展瓣盛开。天天搬来搬去，天天换水，要小心地伺候它。它有袭人的幽香，它有淡雅的风致。

055 …… 虹

058 …… 山杜鹃

063 …… 树犹如此

066 …… 州际公路

070 …… 尼加拉瀑布

073 …… 群芳小记

093 …… 手杖

辑三　游戏人间，无往不乐：生活是很好玩的

白猫俟已五岁，我们缘分不浅，同时我亦不免兴起春光易老之感。多少诗人词人唤取春留驻，而春不肯留！我们只好"片时欢乐且相亲"，愿我的猫长久享受他的鱼餐锦被，吃饱了就睡，睡足了就吃。

099 …… 胖

103 …… 说酒

106 …… 不亦快哉

110 …… 白猫王子五岁

114 …… 狗

118 …… 头发

123 …… 牙签

126 …… 衣裳

131 …… 我看电视

136 …… 信用卡

139 …… 圆桌与筷子

144 …… 新年乐事

辑四　雅人雅事，妙趣无穷：艺术是很有境界的

我年事渐长，慢慢懂了一点道理，四君子并非是浪博虚名，确是各自有它的特色。梅，剪雪裁冰，一身傲骨；兰，空谷幽香，孤芳自赏；竹，筛风弄月，潇洒一生；菊，凌霜自得，不趋炎热。合而观之，有一共同点，都是清华其外，淡泊其中，不做媚世之态。画，不是纯技术的表现，画的里面有韵味，画的背后有个人。

151 ······ 漫谈读书

155 ······ 文房四宝

167 ······ 雅人雅事

170 ······ 画梅小记

173 ······ 寒梅着花未

178 ······ 《饮中八仙歌》

182 ······ 四君子

185 ······ 书法

189 ······ 签字

192 ······ 听戏听戏，不是看戏

辑五　生如芥子，心藏须弥：人生是很值得玩味的

时间即是生命。我们的生命是一分一秒地在消耗着，我们平常不大觉得，细想起来实在值得警惕。我们每天有许多的零碎时间于不知不觉中浪费掉了。我们若能养成一种利用闲暇的习惯，一遇空闲，无论其为多么短暂，都利用之做一点有益身心之事，则积少成多终必有成。

199 ⋯⋯ 年龄

204 ⋯⋯ 敬老

207 ⋯⋯ 退休

211 ⋯⋯ 代沟

217 ⋯⋯ 健忘

222 ⋯⋯ 勤

224 ⋯⋯ 穷

228 ⋯⋯ 谈友谊

232 ⋯⋯ 时间即生命

234 ⋯⋯ 利用零碎时间

238 ⋯⋯ 养成好习惯

241 ⋯⋯ 为什么不说实话

附录　梁实秋忆故人

文艺是有永久性的。好的作品永远也不会被人遗忘。志摩的作品在他生时即已享盛名，死后仍然是被许多真正爱好文艺的人所喜爱。最近我遇见几位真正认真写新诗的人，谈论起来都异口同声地说志摩的诗是最优秀的几个之一，值得研究欣赏。

245 ……　辜鸿铭先生逸事
248 ……　悼念朱湘先生
254 ……　叶公超二三事
257 ……　我的一位国文老师
263 ……　关于徐志摩
267 ……　陆小曼的山水长卷

辑一

世相万千，如你如我：人类是很有意思的

古今中外没有一个不骂人的人。骂人就是有道德观念的意思，因为在骂人的时候，至少在骂人者自己总觉得那人有该骂的地方。何者该骂，何者不该骂，这个抉择的标准，是极道德的。所以根本不骂人，大可不必。骂人是一种发泄感情的方法，尤其是那一种怨怒的感情。想骂人的时候而不骂，时常在身体上弄出毛病，所以想骂人时，骂骂何妨？

同学[1]

同学，和同乡不同。只要是同一乡里的人，便有乡谊。同学则一定要有同窗共砚的经验，在一起读书，在一起淘气，在一起挨打，才能建立起一种亲切的交情，尤其是日后回忆起来，别有一番情趣。纵不曰十年窗下，至少三五年的聚首总是有的。从前书房狭小，需要大家挤在一个窗前，窗间也许着一鸡笼，所以书房又名曰"鸡窗"。至于梆硬死沉的砚台，大家共用一个，自然是经济合理。

自有学校以来，情形不一样了。动辄几十人一班，百多人一级。一批一批地[2]毕业，像是蒸锅铺的馒头，一屉一屉地发售出去。他们是一个学校的毕业生，毕业的时间可能相差几十年。祖父和他的儿孙可能是同一学校毕业，但是不便称为同学。彼此相差个十年八年的，在同一学校里根本没有碰过头的

---

[1] 选自梁实秋著，《雅舍小品》，北京：作家出版社，2019年1月。
[2] 本书中的"的""地""得""做""作"均已改为现代用法，后文不再说明。

人，只好勉强解嘲自称为先后同学了。

小时候的同学，几十年后还能知其下落的恐怕不多。我小学同班的同学二十余人，现在记得姓名的不过四五人。其中年龄较长身材最高的一位，我永远不能忘记，他脑后半长的头发用红头绳紧密扎起的小辫子，在脑后挺然翘起，像是一根小红萝卜。他善吹喇叭，毕业后投步军统领门当兵，在"堆子"前面站岗，挂着上刺刀的步枪，满神气的。有一位满脸疙瘩噜苏①，大家送他一个绰号"小炸丸子"，人缘不好，偏爱惹事，有一天犯了众怒，几个人把他抬上讲台，按住了手脚，扯开他的裤带，每个人在他裤裆里吐一口唾液！我目睹这惊人的暴行，难过很久。又有一位好奇心强，见了什么东西都喜欢动手，有一天迟到，见了老师为实验冷缩热胀的原理刚烧过的一只铁球，过去一把抓起，大叫一声，手掌烫出一片的溜浆大泡。功课最好写字最工的一位，规行矩步，主任老师最赏识他，毕业后，于某大书店分行由学徒做到经理。再有一位由办事员做到某部司长。此外则人海茫茫，我就都不知其所终了。

有人成年之后怕看到小时候的同学，因为他可能看见过你一脖子泥、鼻涕过河往袖子上抹的那副脏相，他也许看见过

---

① 指不平不滑，有不少疙瘩。

你被罚站、打手板的那副窘相。他知道你最怕人知道你的乳名，不是"大和尚"就是"二秃子"，不是"栓子"就是"大柱子"。他会冷不防地在大庭广众之中猛喊你的乳名，使你脸红。不过我觉得这也没有什么不好。小时候嬉嬉闹闹，天真率直，那一段纯稚的光景已一去而不可复得，如果长大之后还能邂逅一两个总角之交，勾起童时的回忆，不也快慰生平吗？

我进了中学便住校，一住八年。同学之中有不少很要好的，友谊保持数十年不坠，也有因故翻了脸扭过脖子的。大多数只是在我心中留下一个面貌声欬的影子。我那一级同学有八九十人，经过八年时间的淘汰过滤，毕业时仅得六七十人，而我现在记得姓名的约六十人。其中有早夭的，有因为一时糊涂顺手牵羊而被开除的，也有不知什么缘故忽然辍学的，而这剩下的一批，毕业之后多年来天各一方，大概是"动如参与商"了。我一九四九年来台湾，数同级的同学得十余人，我们还不时地杯酒聊欢，恰满一桌。席间，无所不谈。谈起有一位绰号"烧饼"，因为他的头扁而圆，取其形似。在体育馆中他翻双杠不慎跌落，旁边就有人高呼："留神芝麻掉了！"烧饼早已不在，不死于抗战之时，而死于胜利之日，谈起来大家无不歇欷。又谈起一位绰号"臭豆腐"，只因他上作文课，卷子上涂抹之处太多，东一团西一块的尽是墨猪，老师看了一皱眉头说："你写的是什么字，漆黑一块块的，像臭豆腐似的！"

哄堂大笑，（北方的臭豆腐是黑色的，方方的小块）于是"臭豆腐"的绰号不胫而走。如今大家都做了祖父，这样的称呼不雅，同人公议，摘除其中的一个"臭"字，简称他为"豆腐"，直到如今。还有一位绰号叫"火车头"，因为他性褊急，出语如连珠炮，气咻咻，唾沫飞溅，做事横冲直撞，勇猛向前，所以赢得这样的一个绰号，抗战期间不幸死于日寇之手。我们在台的十几个同学，轮流做东，宴会了十几次，以后便一个个地凋谢，溃不成军，凑不起一桌了。

同学们一出校门，便各奔前程。因修习的科目不同，活动的范围自异。风云际会，拖青纡紫者有之；踵武陶朱，腰缠万贯者有之；有一技之长，出人头地者有之；而坐拥皋比，以至于吃不饱饿不死者亦有之。在校的时候，品学俱佳，头角峥嵘，以后未必有成就。所谓"小时了了，大未必佳"，确是不刊之论。不过一向为人卑鄙投机取巧之辈，以后无论如何翻云覆雨，也逃不过老同学的法眼。所以有些人回避老同学唯恐不及。

杜工部漂泊西南的时候，叹老嗟贫，咏出"同学少年多不贱，五陵裘马自轻肥"的句子。那个"自"字好不令人惨然！好像是衮衮诸公裘马轻肥，就是不管他"一家都在秋风里"。其实同学少年这一段交谊不攀也罢。"衣敝缊袍，与衣狐貉者立"，纵然不以为耻，可是免不了要看人的嘴脸。

请客[1]

常听人说：“若要一天不得安，请客；若要一年不得安，盖房；若要一辈子不得安，娶姨太太。”请客只有一天不得安，为害不算太大，所以人人都觉得不妨偶一为之。

所谓请客，是指自己家里邀集朋友便餐小酌，至于在酒楼饭店"铺筵席，陈樽俎"，呼朋引类，飞觞醉月，享用的是金樽清酒，玉盘珍馐，最后一哄而散，由经手人员造账报销，那种宴会只能算是一种病狂或是罪孽，不提也罢。

妇主中馈，所以要请客必须先归而谋诸妇。这一谋，有分教，非十天半月不能获致结论，因为问题牵涉太广，不能一言而决。

---

[1] 选自梁实秋著，《雅舍谈吃》，武汉：武汉出版社，2013年8月。

首先要考虑的是请什么人。主客当然早已内定，陪客的甄选大费酌量。眼睛生在眉毛上边的宦场中人，吃不饱饿不死的教书匠，一身铜臭的大腹贾，小头锐面的浮华少年……若是聚在一个桌上吃饭，便有些像是鸡兔同笼，非常勉强。把素未谋面的人拘在一起，要他们有说有笑，同时食物都能顺利地从咽门下去，也未免强人所难。主人从中调处，殷勤了这一位，怠慢了那一位，想找一些大家都有兴趣的话题亦非易事。所以客人需要分类，不能鱼龙混杂。客的数目视设备而定，若是能把所有该请的客人一网打尽，自然是经济算盘，但是算盘亦不可打得太精。再大的圆桌面也不过能坐十三四个体态中型的人。说来奇怪，客人单身者少，大概都有宝眷，一请就是一对，一桌只好当半桌用。有人请客广发笺帖，心想总有几位心领谢谢，万想不到人人惠然肯来，而且还有一位特别要好带来一个七八岁的小宝宝！主人慌忙添座，客人谦让："孩子坐我腿上！"大家挤挤攘攘，其中还不乏中年发福之士，把圆桌围得密不通风，上菜需飞越人头，斟酒要从耳边下注，前排客满，主人在二排敬陪。

拟菜单也不简单。任何家庭都有它的招牌菜。可惜很少人肯用其所长，大概是以平素见过的饭馆酒席的局面作为蓝图。家里有厨师厨娘，自然一声吩咐，不再劳心，否则主妇势必亲自下厨操动刀俎。主人多半是擅长理论，真让他切葱剥蒜都未必能够胜任。所以拟订菜单，需要自知之明，临时"钻锅"翻看食谱未必有济于事。四冷荤，四热炒，四压桌，外加两道点心，似乎是无可再减，大鱼大肉，水陆杂陈，若不能使客人连串地打饱嗝，不能算是尽兴。菜单拟订的原则是把客人一个个地填得嘴角冒油。而客人所希冀的也往往是一场牙祭。有人以水饺宴客，馅子是猪肉菠菜，客人咬了一口，大叫："哟，里面怎么净是青菜！"一般人还是欣赏肥肉厚酒，管它是不是烂肠之食！

宴客的吉日近了，主妇忙着上菜市，挑挑拣拣，拣拣挑挑，又要物美又要价廉，装满两个篮子，半途休憩好几次才能气喘汗流地回到家。泡的，洗的，剥的，切的，闹哄一两天，然后丑媳妇怕见公婆也不行，吉日到了。客人早已折简相邀，难道还会不肯枉驾？不，守时不是我们的传统。准时到达，岂不像是"头如穹庐、咽细如针"的饿鬼？要让主人干着急，等他一催请再催请，然后徐徐命驾，姗姗来迟，这才像是大家风范。当然朋友也有特别性急而提早莅临的，那也使得主人措手不及，慌成一团。客人的性格不一样，有人进门就选一个最好的座位，两脚高架案上，真是宾至如归；也有人寒暄两句便一头扎进厨房，声称要给主妇帮忙，系着围裙伸着两只油手的主妇连忙谦谢不迭。等到客人到齐，无不饥肠辘辘。

落座之前还少不了你推我让的一幕。主人指定座位，时常无效，除非事前摆好名牌，而且写上官衔，分层排列，秩序井然。敬酒按说是主人的责任，但是也时常有热心人士代为执壶，而且见杯即斟，每斟必满。不知是什么时候什么人兴出来的陋习，几乎每个客人都会双手举杯齐眉，对着在座的每一位客人敬酒，一霎间敬完一圈，但见杯起杯落，如"兔儿爷捣碓"。不喝酒的也要把汽水杯子高高举起，虚应故事，喝酒的也多半是拧眉皱眼地抿那么一小口。一大盘热糊糊的东西端上来了，像翅羹，又像糨糊，一人一勺子，盘底花纹隐约可见，上面撒着的一层芫荽不知被哪一位像芟除毒草似的拨到了盘下，又不知被哪一位从盘下夹到嘴里吃了。还有人坚持海味非蘸醋不可，高呼要醋，等到一碟"忌讳"（按：即醋）送上台面海味早已不见了。菜是一道一道地上，上一道客人喊一次"太丰富，太丰富"，然后埋头大嚼，不敢后人。主人照例谦称："不成敬意，家常便饭。"心直口快的客人就许提出疑问："这样的家常便饭，怕不要吃穷了？"主人也只好扑哧一笑而罢。将近尾声的时候，大概总有一位要先走一步，因为还有好几处应酬。这时候主妇踱了进来，红头涨脸，额角上还有几颗没揩干净的汗珠，客人举起空杯向她表示慰劳之意，她坐下胡乱吃一些残羹冷炙。

席终，香茗、水果伺候，客人靠在椅子上剔牙，这时节应该是客去主人安了。但是不,大家雅兴不浅,谈锋尚健,饭后磕牙,海阔天空,谁也不愿首先言辞,致败人意。最后大概是主人打了一个哈欠而忘了掩口,这才有人提议散会。天下无不散之筵席,奈何奈何?不要以为席终人散,立即功德圆满,地上有无数的瓜子皮,纸烟灰,桌上杯碟狼藉,厨房里有堆成山的盘、碗、锅、勺,等着你办理善后!

排队[1]

  《民权初步》讲的是一般开会的法则，如果有人撰一续编，应该是讲排队。

  如果你起个大早，赶到邮局烧头炷香，柜台前即使只有你一个人，你也休想能从容办事，因为柜台里面的先生小姐忙着开柜子、取邮票文件、调整邮戳，这时候就有顾客陆续进来，说不定一位站在你左边，一位站在你右边，也许是衣冠楚楚的，也许是破衣邋遢的，总之是会把你夹在中间。夹在中间的人未必有优先权，所以三个人就挤得很紧，胳膊粗、个子大、脚跟稳的占便宜。夹在中间的人也未必轮到第二名，因为说不定又有人附在你的背上，像长臂猿似的伸出一只胳膊越过你的头部拿着钱要买邮票。人越聚越多，最后像是橄榄球赛似的挤成一团，你想钻出来也不容易。

---

[1] 选自梁实秋著，《雅舍小品》，北京：作家出版社，2019年1月。

三人曰众，古有明训。所以三个人聚在一起就要挤成一堆。排队是洋玩意儿，我们所谓"鱼贯而行"都是在极不得已的情形之下所做的动作。《晋书·范汪传》："玄冬之月，沔汉干涸，皆当鱼贯而行，推排而进。"水不干涸谁肯循序而进，虽然鱼贯，仍不免于推排。我小时候，在北平有过一段经验，过年父亲常带我逛厂甸，进入海王村，里面有旧书铺、古玩铺、玉器摊，以及临时搭起的几个茶座儿。我父亲如入宝山，图书、古董都是他所爱好的，盘旋许久，乐此不疲，可是人潮汹涌，越聚越多。等到我们兴尽欲返的时候，大门口已经壅塞了。门口只有一个，进也是它，出也是它。而且谁也不理会应靠左边行，于是大门变成瓶颈，人人自由行动，卡成一团。也有不少人故意起哄，哪里人多往哪里挤，因为里面有的是大姑娘、小媳妇。父亲手里抱了好几包书，顾不了我。为了免于被人践踏，我由一位身材高大的警察抱着挤了出来。我从此没再去过厂甸，直到我自己长大有资格抱着我自己的孩子冲出杀进。

　　中国地方大，按说用不着挤，可是挤也有挤的趣味。逛隆福寺、护国寺，若是冷清清的凄凄惨惨戚戚，那多没有味儿！不过时代变了，人几乎天天到处要像是逛庙赶集。长年挤下去实在受不了，于是排队这洋玩意儿应运而兴。奇怪的是，这洋玩意儿兴了这么多年，至今还没有蔚成风气。长一辈的人在人多的地方横冲直撞,孩子们当然认为这是生存技能之一。学校不能负起教导的责任,因为教师就有许多是不守秩序的好手。法律无排队之明文规定,警察管不了这么多。大家自由活动,也能活下去。

不要以为不守秩序、不排队是我们民族性,生活习惯是可以改的。抗战胜利后我回到北平,家人告诉我许多敌伪横行霸道的事迹,其中之一是在前门火车站票房前面常有一名日本警察手持竹鞭来回巡视,遇到不排队就抢先买票的人,就一声不响高高举起竹鞭嗖的一声着着实实地抽在他的背上。挨了一鞭之后,他一声不响地排在队尾了。前门车站的秩序从此改良许多。我对此事的感想很复杂。不排队的人是应该挨一鞭子,只是不应该由日本人来执行。拿着鞭子打我们的人,我真想抽他十鞭子!但是,我们自己人就没有人肯对不排队的人下那个毒手!好像是基于同胞爱,开始是劝,继而还是劝,不听劝也就算了,大家不伤和气。谁也不肯扬起鞭子去取缔,觍颜说是"于法无据"。一条街定为单行道、一个路口不准向左转,又何所据?法是人定的,要什么样的生活方式便应该有什么样的法。

洋人排队另有一套,他们是不拘什么地方都要排队。邮局、银行、剧院无论矣,就是到餐厅进膳,也常要排队听候指引——入座。人多了要排队,两三个人也要排队。有一次要吃皮萨①饼,看门口队伍很长,只好另觅食处。为了看古物展览,我参加过一次两千人左右的长龙,我到场的时候才有千把人,顺着龙头往下走,拐弯抹角,走了半天才找到龙尾,立定脚跟,不久回头一看,龙尾又不知伸展得何处去了。我仔细观察发现了一个秘密:洋人排队,浪费空间,他们排队占用一哩②,由我们来排队大概半哩就足够。因为他们每个人与另一个人之间通常保持相当距离,没有肌肤之亲,也没有摩肩接踵之事。我们排队就亲热得多,紧迫盯人,唯恐脱节,前面人的胳膊肘会戳你的肋骨,后面人喷出的热气会轻拂你的脖梗。其缘故之一,大概是我们的人丁太旺而场地太窄。以我们的超级市场而论,实在不够超级,往往近于迷你,遇上八折的日子,付款处的长龙摆到货架里面去,行不得也。洋人的税捐处很会优待主顾,设备充分,偶然有七八个人排队,排得松松的,龙头走到柜台也有五步六步之遥。办起事来无左右受夹之烦,也无后顾催迫之感,从从容容,可以减少纳税人胸中许多戾气。

我们是礼仪之邦,君子无所争,从来没有鼓励人争先恐后之说。很多地方我们都讲究揖让,尤其是几个朋友走出门口

---

① 旧译名,今通译为比萨。
② 英美制长度单位,英里旧称。一哩等于五千二百八十英尺,约合一千六百〇九米。

的时候，常不免于拉拉扯扯礼让了半天，其实鱼贯而行也就够了。我不太明白为什么到了陌生人聚集在一起的时候，便不肯排队，而一定要奋不顾身。

我小时候只知道上兵操时才排队。曾路过大栅栏同仁堂，柜台占两间门面，顾客经常是里三层外三层挤得水泄不通，多半是仰慕同仁堂丸散膏丹的大名而来办货的乡巴佬。他们不知排队犹可说也。奈何数十年后，工业已经起飞，都市中人还不懂得这生活方式中极为重要的一个项目？难道真需要那一条鞭子才行吗？

讲价[1]

  韩康采药名山,卖于长安市,三十余年,口不二价。这并不是说三十余年物价没有波动,这是说他三十余年没有耍过一次谎,就凭这一点怪脾气他的大名便入了《后汉书》的《逸民列传》。这并不证明买卖东西无须讲价是我们古已有之的固有道德,这只证明自古以来买卖东西就得要价还价,出了一位韩康,便是人瑞,便可以名垂青史了。韩康不但在历史上留下了佳话,在当时也是颇为著名的。一个女子向他买药,他守价不移,硬是没得少,女子大怒,说:"难道你是韩康,一个钱没得少?"韩康本欲避名,现在小女子都知道他的大名,吓得披发入山。卖东西不讲价,自古以来,是多么难得!我们还不要忘记韩康"家世著姓",本不是商人,如果是个"逐什一之利"的,有机会能得什二什三时岂不更妙?

---

[1] 选自梁实秋著,《雅舍小品》,北京:作家出版社,2019年1月。

从前有些店铺讲究货真价实,"言不二价""童叟无欺"的金字招牌偶然还可以很骄傲地悬挂起来,不必大减价雇吹鼓手,主顾自然上门。这种事似乎渐渐少了。童叟根本也不见得好欺侮,而且买卖大半是流动的,无所谓主顾,不讲价还是不过瘾,不七折八扣显着买卖不和气,交易一成买者就又会觉得上当。在尔虞我诈的情形之下,讲价便成为交易的必经阶段,反正是"漫天要价,就地还钱"。看看谁有本事谁讨便宜。

我买东西很少的时候能不比别人的贵。世界上有一种人,喜欢到人家里面调查物价,看看你家里有什么东西都要打听一下是用什么价钱买的,除非你在每一事物上都粘上一个纸签标明价格,否则将不胜其啰唣。最扫兴的是,我已经把真的价钱瞒起,自欺欺人地只说了一半的价钱来搪塞他,他有时还会把头摇得像个"拨浪鼓"似的,表示你上了弥天的大当!我承认,有些人是特别地善于讲价,他有政治家的脸皮,外交家的嘴巴,杀人的胆量,钓鱼的耐心,坚如铁石,韧似牛皮,所以他能压倒那待价而沽的商人。我曾虚心请教,大概归纳起来讲价的艺术不外下列诸端:

第一,要不动声色。进得店来,看准了他没有什么你就要什么,使得他显着寒伧,先有几分惭愧。然后无精打采地道出你所真心要买的东西，伙计于气馁之余，自然欢天喜地地捧出他的货色，价钱根本不会太高。如果偶然发现一项心爱的东西，也不可失声大叫，如获异宝，必要行若无事，淡然处之，于打听许多种物价之后，随意问询及之，否则你打草惊蛇，他便奇货可居了。

第二，要无情地批评。甘瓜苦蒂，天下物无全美。你把货物捧在手里，不忙鉴赏，先求其疵谬之所在，不厌其详地批评一番，尽量地道出它的缺点。有些物事，本是无懈可击的，但是"嗜好不能争辩"，你这东西是红的，我偏喜欢白的，你这东西是大的，我偏喜欢小的。总之，是要把东西褒贬得一文不值缺点百出，这时候伙计的脸上也许要一块红一块白的不大好看，但是他的心里软了，价钱上自然有了商量的余地，我在委曲迁就的情形之下来买东西，你在价钱上还能不让步吗？

第三，要狠心还价。先假设，自从韩康入山之后每个商人都是说谎的。不管价钱多高，拦腰一砍。这需要一点胆量，要狠得下心，说得出口，要准备看一副嘴脸。人的脸是最容易变的，用不了加多少钱，那副愁云惨雾的苦脸立刻开霁，露出一缕春风。但这是最紧要的时候，这是耐心的比赛，谁性急谁失败，他一文一文地减，你就一文一文地加。

第四，要有反顾的勇气。交易实在不成，只好掉头而去，也许走不了好远，他会请你回来，如果他不请你回来，你自己要有回来的勇气，不能负气，不能讲究"义不反顾，计不旋踵"。讲价到了这个地步，也就山穷水尽了。

这一套讲价的秘诀，知易行难，所以我始终未能运用。我怕费功夫，我怕伤和气，如果我粗脖子红脸，我身体受伤，如果他粗脖子红脸，我精神上难过，我聊以解嘲的方法是记起郑板桥爱写的那四个大字："难得糊涂"。

《淮南子》明明地记载着"东方有君子之国"，但是我在地图上却找不到。《山海经》里也记载着："君子国衣冠带剑，其人好让不争。"但只有《镜花缘》给君子国透露了一点消息。买物的人说："老兄如此高货，却讨恁般贱价，教小弟买去，如何能安？务求将价加增，方好遵教。若再过谦，那是有意不肯赏光交易了。"卖物的人说："既承照顾，敢不仰体？但适才妄讨大价，已觉厚颜，不意老兄反说货高价贱，岂不更教小弟惭愧？况敝货并非'言无二价'，其中颇有虚头。"照这样讲来，君子国交易并非言无二价，也还是要讲价的，也并非不争，也还有要费口舌唾液的。什么样的国家，才能买东西不讲价呢？我想与其讲价而为对方争利，不如讲价而为自己争利，比较地合于人类本能。

有人传授给我在街头雇车的秘诀：街头孤零零的一辆车，车夫红光满面鼓腹而游的样子，切莫睬他，如果三五成群鸠形鹄面，你一声吆喝便会蜂拥而来，竞相延揽，车价会特别低廉。在这里我们发现人性的一面——残忍。

婚礼[1]

一般人形容一般的婚礼为"简单隆重"。又简单又隆重，再好不过。但是细想，简单与隆重颇不容易合在一起。隆是隆盛的意思，重是郑重的意思，与简单一义常常似有出入。烫金红帖漫天飞，席开十桌八桌乃至二三十桌，杯盘狼藉，嘈杂喧阗。新娘三换服装，作时装表演，正好违反了蔡邕"一朝之晏，再三易衣，从庆移坐，不因故服"的"女训"。新郎西服笔挺，呆若木鸡。证婚人语言无味，介绍人嬉皮笑脸，主婚人形如木偶。隆则隆矣，重则未必，更不能算简单。

我国婚礼，自古就不简单。《礼记·昏义》："昏礼者，将合二姓之好，上以事宗庙，而下以继后世也，故君子重之。"传宗接代的事，所以要隆重。"是以昏礼纳采，问名，纳吉，纳征，请期，皆主人筵几于庙，而拜迎于门外，入，揖

---

[1] 选自梁实秋著，《梁实秋散文集·第1卷》，长春：时代文艺出版社，2015年3月。

让而升,听命于庙,所以敬慎重正昏礼也。"随后就是新郎亲迎,女家"筵几于庙",婿揖让升堂,再拜奠雁。最后是迎妇以归,"共牢而食,合卺而酳",大事告成。这一套仪式,若干年来,当然有不少的修改,但是基本的精神大致未变,仍是铺张扬厉,仍是以父母为主体,以当事人为主要工具。男娶妇曰授室,女嫁夫曰于归。

民初以来所谓文明结婚的仪式,一直沿用到现在,其实不见得怎样文明。最令人不解的是仪式之中冒出来一个证婚人——多半是一个机关首长什么的,再不就是一位年高确实有征而德劭尚待稽考的人,他的任务是宣读结婚证书,然后说几句空空洞洞的废话。从前有"新娘搀上床,媒人扔过墙"之说,如今则是证婚人等到大家用过印,就被人挟持扶下台。如果他运气好,会有人领他到铺红桌布的主要席次,在新郎新娘高居首席之下敬陪末座。否则下得台来,没有人理,在拥挤的席次之间彷徨逡巡一阵,臊不搭的只好溜走了事。若是婚后数日,男家家长带着儿子媳妇和一篮水果什么的到证婚人家中拜谢,那是难得一见的殊荣。

新娘由两个伴娘左右扶持也就够排场的了,但是近来还经常有人采用西俗,由女方男性家长(或代理家长)挟持着新娘,把她"送给"男方。而且还要按着一架破钢琴(或录音机）奏出的进行曲的节奏，缓缓地以蜗步走到台前。也有人不知受了什么高人导演，一步一停，像玩偶中的机器人一样的动作有节。为什么新娘要由男性家长"送给"人，而不由女性家长把她送出去？为什么新郎老早地就站在那里，等候接收新娘，而不是由家长挟持着把他"送给"新娘？究竟有无道理？

子曰："礼，与其奢也，宁俭。"是泛指一般的礼而言，当然也包括婚礼在内。在这里俭也就是简单的意思。西俗婚礼较为简单，但是他们有人还嫌不够简单。从前，苏格兰敦福利县春田乡附近有一个小村落格莱特纳（Gretna），离英格兰西北部的卡利尔只有八哩，那个地方的结婚典礼既不需牧师主持，亦不必请领什么证书，更不要预告的那种手续，只要双方当事人对一位证人宣称同意结婚就行了。而那位证人通常是当地的铁匠。一时的私奔的男女趋之若鹜。号称为"格莱特纳草原结婚"（Gretna Green marriages）。这风俗延至一八五六年才告终止。这方式简单之至，实在也没有什么不好，不晓得何以终于废弃。结婚是两个人的事，何须牧师参与其间。男女相悦，欲结秦晋之好，也没有绝对必要征求家长同意。必须要个证人，表示其非私奔，则乡村铁匠最为便当。从前一个乡村铁匠是当地尽人皆知的一个响当当的人物。在铁匠面前，三言两语把终身大事解决了，岂非简单之至？

听说美国近年来有所谓"快速结婚"。南卡罗来纳州迪朗市政府公证处设立了一个结婚礼堂，除圣诞节休息一日外，全年开放，周末还特别延长服务时间。凡年满十六岁男子与年满十四岁女子，无论来自何处，不需体检，不必验血，一律欢迎。只需家长同意，于二十四小时前申请，缴注册费四十元，公证处即派员主持结婚典礼，费时不超过五分钟。结婚人不必穿礼服，任何服装均可，牛仔裤、衬衫、工作服任听尊便。简单迅速，皆大欢喜。五分钟完成婚礼不一定就是不隆重，婚礼本不是表演给人观赏的。我国法院的公证结婚相当简单，不过也还要有一位法官行礼如仪，似嫌多事。那位法官所披的法衣，白领往往污黑，和新娘的白纱礼服不大相称。公证结婚之后，也曾有人再行大宴宾客，借用学校礼堂操场席开一二百桌，好像是十分风光，实则几近荒唐，人人为之侧目。当然这种荒唐闹剧也不是完全没有道理的，有人估计，像这样的敛治喜筵可以收回为数可观的喜敬，用以开销尚有余羡。此种行径，名曰"撒网"，距离隆重之义何止十万八千里。

听说有人结婚不在教堂行礼，也不在家里或是餐厅里，而是在运动场里、滑冰场上、游览车中，甚至不在地面上而是在天空的飞机里面。地点的选择是人人有自由的，制造噱头也不犯法。成为新闻有人还很得意。

然则婚礼如何才能简单隆重？初步的建议是，做父母的退出主办的地位，别乱发请帖，因为令郎令爱的婚事别人并不感觉兴趣。在家里静静地等着抱孙子就可以了。至于婚礼，让小两口子自己瞧着办。

守时[1]

《史记》五十五《留侯世家》，记载圯上老人授书张良的故事，甚为生动：

"后五日平明，与我会此。"良因怪之，跪曰："诺。"五日平明，良往。父已先至，怒曰："与老人期，后，何也？"去，曰："后五日早会。"五日鸡鸣，良往。父又先在，复怒曰："后，何也？"去，曰："后五日复早来。"五日，良夜未半往。有顷，父亦来，喜曰："当如是。"

老人与良约会三次。第一次平明为期，平明就是天刚亮，语义相当含糊，天亮到什么程度才算是平明，本难确定。"东方未明"是一阶段，"东方未晞"，又是一阶段，等到东方天

---

[1] 选自杨迅文主编，《梁实秋文集》编辑委员会编，《梁实秋文集·第5卷》，厦门：鹭江出版社，2002年10月。

际泛鱼肚色则又是一阶段。良平明往，未落日出之后，就不算是迟到。老人发什么脾气？说什么"与老人期"之倚老卖老的话？第二次约，时间更不明确，只说早一点去。良鸡鸣往，"鸡既鸣矣"，就是天明以前的一刹那，事实上已经提早到达，还嫌太晚。第三次良夜未半往，夜未半即是午夜以前，这一次才满老人意。既然如此，为什么不早明说，虽然这是老人有意测验年轻人的耐性，但也不必这样蛮不讲理地折磨人。有人问我，假如遇见这样的一个老人作何感想，我说我愿效禅师的说法："大喝一声，一棒打杀！"

黄石公的故事是神话。不过守时却是古往今来文明社会共有的一个重要的道德信念。远古的时候问题简单，日出而作，日入而息，根本没有精确的时间观念，而且人与人要约的事恐怕也不太多。《易·系辞》所谓"日中为市，致天下之民，聚天下之货，交易而退，各得其所"，不失为大家在时间上共立的一个标准，晚近的庙会市集，也还各有其约定俗成的时期规格。自从有了漏刻，分昼夜为百刻，一天之内才算有正确时间可资遵循。周有挈壶氏，自唐至清有挈壶正，是专管时间的官员。沙漏较晚，制在元朝。到了近年，也还有放午炮之说。现代的准确计时之器，如钟表之类，则是明季的舶来品，"明万历二十八年，大西洋人利玛窦来献自鸣钟"（《续通考·乐考》），嗣后自鸣钟在国内就大行其道。我小时候在三贝子花园畅观楼内，尚及见清朝洋人所贡各式各样的自鸣钟，金光灿烂，洋洋大观。在民间几乎家家案上正中央都有一架自鸣钟，用一把钥匙上弦，昼夜按时刻叮叮当当地响。外国人家墙上常见的鹧鸪钟，一只小鸟从一个小门跳出来报时，在国内尚比较少见。好像我们老一辈的中国人特别喜爱钟表，除了背心上特缝好几个小衣袋专放怀表之外，比较富裕人家墙上还常有一个硬木螺钿玻璃门的表柜，里面挂着二三十只形形色色的表，金的、银的、景泰蓝的、闷壳的，甚至背面壳里藏有活动秘戏图的，非如此不足以餍其收藏癖。至于如今的手表（实际是腕表）则高官大贾以至贩夫走卒无不备有一只了。

普遍的有了计时的工具，若是大家不知守时，又有何用？普通的衙门机关之类都定有办公时间，假如说是八点开始，到时候去看看，就会知道那是怎么一回事。大抵较低级的人员比较最守时，虽然其中难免有几位忙着在办事桌上吃豆浆油条。首长及高级人员大概就姗姗来迟了，他们还有一套理由，只有到了十点左右办稿拟稿逐层旅行的公文才能到达他们手里，早去了没有用。至于下班的时间，则大家多半知道守时，眼巴巴地望着时钟，谁也不甘落后。

和民众接触最频繁的莫过于银行邮局，可是在门前逡巡好久，进门烧头炷香的顾客不见得立刻就能受理，往往还要伫候一阵子，因为柜台后面的先生小姐可能很忙，忙着打开保险柜，忙着搬运文件，忙着清理卡片，忙着数钞票，忙着调整戳印，甚至于忙着泡茶，在在①都需要时间。顾客们要少安毋躁。

朋友宴客，有一两位照例迟到，一碟瓜子大家都快磕完了，主人急得团团转，而那一两位客偏不来。按说"后至者诛"才是正理，但是后至者往往正是主客或是贵宾，所以必须虚上席以待。旧日戏园演戏，只有两盏汽油灯为照明之具，等到名角出台亮相，则几十盏电灯一齐照耀，声势非凡。有迟到之癖的客人大概是以名角自居，迟到之后不觉得歉然，反倒有得色。而迟到的人可能还要早退，表示另有一处要应酬，也许只是虚晃一招，实际是回家吃碗蛋炒饭。

要守时，但不一定要分秒不差，那就是苛求了。但也不能距约定时间太远，甲欲访乙，先打电话过去商洽，这是很有礼貌的行为，甲问什么时候驾临，乙说马上就去。问题就出在这"马上"二字，甲忘了钉问②是什么马，是"竹披双耳峻，风入四蹄轻"的胡马，还是"皮干剥落，毛暗萧条"的瘦马，是练习纵跃用的木马，还是渡过了康王的泥马。和人邀约，害得

---

① 意为处处、到处。
② 意为追问。

对方久等，揆诸时间即生命之说，岂是轻轻一声抱歉所能赎其罪愆？

守时不是容易事，要精神总动员。要不要先整其衣冠，要不要携带什么，要不要预计途中有多少红灯，都要通过大脑盘算一下。迟到固然不好，早到亦非万全之策，早到给自己找烦恼，有时候也给别人以不必要的窘。黄石公那段故事是例外，不足为训。记得莎士比亚有一句戏词："赴情人约，永远是早到。"情人一心一意地在对方身上，不肯有分秒的延误，同时又怕对方忍受枯守之苦，所以"月上柳梢头，人约黄昏后"，老早地就去等着，"月移花影动，疑是玉人来"了。

我们能不能推爱及于一切邀约，大家都守时？

吃醋①

> 世以妒妇比狮子。(《燕在阁知新录》)
>
> 狮子日食醋一瓶。(《续文献通考》)
>
> 忽闻河东狮子吼,拄杖落手心茫然。(东坡《嘲季常诗》②)

醋是一种有酸味的液体,以酒发酵酿成者也,是佐味必备之物,吃饺子尤其少不了它。如镇江之醋,如山西老陈醋,均为醋中上品。这篇文章说的却不是这种醋,说的是每一个人蕴之于心,形之于外的心理上的醋。

夫妇居室,大凡非相生即为相克。相生是阴阳得济,再好没有;若不幸而相克,则从古以来"二虎相争,必有一伤",当然必有一个克得过,一个克不过。为什么不相生而相克呢?

---

① 选自梁实秋著,《雅舍小品》,杭州:浙江文艺出版社,2020年8月。
② 此处为作者误记,应为《寄吴德仁兼简陈季常》。

理由很多，吃醋是很重要的理由之一。常常老爷不跟太太好而跟另一位好，或者是太太不跟老爷好而跟另一位好。这么一来，对方当然嫉妒，可是并非嫉妒对方，而是嫉妒那个另一位。不过另一位很不易与之发生正式冲突，于是一腔酸气便全发在对方的身上，因而相克，即所谓吃醋。所以吃醋原是双方的，并不仅在太太方面。可是最著名的例子却是太太造成，宋朝的陈季常先生瞒了太太鬼头鬼脑地召妓饮酒，被陈太太知道了跑到隔壁，把板壁一敲，于是陈先生"忽闻河东狮子吼，拄杖落手心茫然"。"茫然"二字，最得其神，千年之后我们都可想见其可怜的狼狈之状。然而他这是活该，可怜不足惜。最倒霉的就是陈太太闹了个"河东狮子"的名字，千秋万世不能解脱。

传说释迦牟尼佛生时，一手指天，一手指地，作狮子吼，云：天上地下，唯吾独尊。狮子是兽中之王，大声一吼，自然群兽慑服。佛家就说狮子吼而百兽伏，以喻正义伸而群言沮。古人把善妒之妇与释迦牟尼佛相提并论，其重视的程度可以想见。

有一种捕风捉影的吃醋，令人莫名其妙，谓之吃飞醋。

剃头的挑子一头热，自己酸气冲天，气得七颠八倒，而对方满没理会，此之谓吃寡醋。

亦有人把这个醋吃得非常温柔，小巧而可爱，以退为进，适可而止，纵横捭阖，不可向迩，结果求福得福，求利得利。这是吃醋吃到了家的。否则弄巧成拙，不但吃了亏，还会被别人说闲话，说是醋坛子、醋坯子、醋瓶子……

又有一种人烧包脾气，性如烈火。醋劲上来，急火攻心，不管三七二十一，拳头嘴巴齐上，手枪刀子全来。于是演出惨绝人寰的大悲剧。这是白热化的醋缸大爆炸，为智者所不取。

这是男女间的吃醋，虽因情形之异而结果不同，可是出发点全是好的。它的演进是：由爱生疑，由疑生醋。

吃醋固不仅男女而然也。既然嫉妒之心，人皆有之，既引小喻大，何时何地不能吃醋？同行相轻，常常是吃醋使然；我不服你，你不服我，其间的真是非原是不容易分出来的。社会之中，名利争夺，在在都有引起吃醋的可能。

醋的力量之大，既如上述，我们绝不能忽视它。不过假如我们真有这样大的醋劲非发泄不可的话，我们何妨转移目标，把这一股泼辣的力量用在一种伟大的事业上去呢？

脸谱[①]

我要说的脸谱不是旧剧里的所谓"整脸""碎脸""三块瓦"之类，也不是麻衣相法里所谓观人八法"威、厚、清、古、孤、薄、恶、俗"之类。我要谈的脸谱乃是每天都要映入我们眼帘的形形色色的活人的脸。旧戏脸谱和麻衣相法的脸谱，那乃是一些聪明人从无数活人脸中归纳出来的几个类型公式，都是第二手的资料，可以不管。

古人云"人心不同，各如其面"，那意思承认人面不同是不成问题的。我们不能不叹服人类创造者的技巧的神奇，差不多的五官七窍，但是部位配合，变化无穷，比七巧板复杂多了。对于什么事都讲究"统一""标准化"的人，看见人的脸如此复杂离奇，恐怕也无法训练改造，只好由它自然发展吧？假使每一个人的脸都像是从一个模子里翻出来的，一律的浓眉

[①] 选自梁实秋著，《雅舍小品》，北京：作家出版社，2019年1月。

大眼，一律的虎额龙隼，在排起队来检阅的时候固然甚为壮观整齐，但不便之处必定太多，那是不可想象的。

人的脸究竟是同中有异，异中有同，否则也就无所谓谱。就粗浅的经验说，人的脸大别为二种，一种是令人愉快的，一种是令人不愉快的。凡是常态的、健康的、活泼的脸，都是令人愉快的，这样的脸并不多见。令人不愉快的脸，心里有一点或很多不痛快的事，很自然地把脸拉长一尺，或是罩上一层阴霾，但是这张脸立刻形成人与人之间的隔阂，立刻把这周围的气氛变得阴沉。假如，在可能范围之内，努力把脸上的筋肉松弛一下，嘴角上挂出一个微笑，自己费力不多，而给予人的快感甚大，可以使得这人生更值得留恋一些。我永不能忘记那永不长大的孩子潘彼得，他嘴角上永远挂着一颗微笑，那是永恒的象征。一个成年人若是完全保持一张孩子脸，那也并不是理想的事，除了给"婴儿自己药片"作商标之外，也不见得有什么用处。不过赤子之天真，如在脸上还保留一点痕迹，这张脸对于人类的幸福是有贡献的。令人愉快的脸，其本身是愉快的，这与老幼妍媸无关。丑一点，黑一点，下巴长一点，鼻梁塌一点，都没有关系，只要上面漾着充沛的活力，便能辐射出神奇的光彩，不但有光，还有热，这样的脸能使满室生春，带给人们兴奋、光明、调谐、希望、欢欣。一张眉清目秀的脸，如果恹恹无生气，我们也只好当作石膏像来看待了。

我觉得那是一个很好的游戏：早起出门，留心观察眼前活动的脸，看看其中有多少类型，有几张使你看了一眼还想再看？

不要以为一个人只有一张脸。女人不必说，常常"上帝给她一张脸，她自己另造一张"。不涂脂粉的男人的脸，也有"卷帘"一格，外面摆着一副面孔，在适当的时候呱嗒一声如帘子一般卷起，另露出一副面孔。"杰克博士与海德先生"（Dr. Jekyll and Mr. Hyde）那不是寓言。误入仕途的人往往养成这一套本领。对下司道貌岸然，或是面部无表情，像一张白纸似的，使你无从观色，莫测高深，或是面皮绷得像一张皮鼓，脸拉得驴般长，使你在他面前觉得矮好几尺！但是他一旦见到上司，驴脸得立刻缩短，再往瘪里一缩，马上变成柿饼脸，堆下笑容，直线条全弯成曲线条；如果见到更高的上司，连笑容都凝结得堆不下来，未开言嘴唇要抖上好大一阵，脸上作出十足的诚惶诚恐之状。帘子脸是傲下媚上的主要工具，对于某一种人是少不得的。

不要以为脸和身体其他部分一样的受之父母，自己负不得责。不，在相当范围内，自己可以负责的，大概人的脸生来都是和善的，因为从婴儿的脸看来，不必一定都是颜如渥丹，但是大概都是天真无邪，令人看了喜欢的。我还没见过一个孩子带着一副不得善终的脸,脸都是后来自己作践坏了的,人们多半不体会自己的脸对于别人发生多大的影响。脸是到处都有的。在送殡的行列中偶然发现的哭丧脸,作讣闻纸色,眼睛肿得桃儿似的,固然难看。一行行的囚首垢面的人,如稻草人,如丧家犬,脸上作黄蜡色,像是才从牢狱里出来,又像是要到牢狱里去,凸着两只没有神的大眼睛,看着也令人心酸。还有一大群心地不够薄脸皮不够厚的人,满脸泛着平价米色,嘴角上也许还沾着一点平价油,身穿着一件平价布,一脸的愁苦,没有一丝的笑容,这样的脸是颇令人不愉快的。但是这些贫病愁苦的脸还不算是最令人不愉快,因为只是消极得令人心里堵得慌,而且稍微增加一些营养(如肉糜之类)或改善一些环境,脸上的神情还可以渐渐恢复常态。最令人不快的是一些本来吃得饱,睡得着,红光满面的脸,偏偏带着一股肃杀之气,冷森森地拒人千里之外,看你的时候眼皮都不抬,嘴撇得瓢儿似的。

冷不防抬起眼皮给你一个白眼,黑眼球不知翻到哪里去了,脖梗子发硬,脑壳朝天,眉头皱出好几道熨斗都熨不平的深沟——这样的神情最容易在官办的业务机关的柜台后面出现。遇见这样的人,我就觉到惶惑:这个人是不是昨天赌了一夜以致睡眠不足,或是接连着腹泻了三天,或是新近遭遇了什么闪凶,否则何以乖戾至此,连一张脸的常态都不能维持了呢。

厌恶女性者[1]

不要以为男人都是好色之徒,也有厌恶女性者。

《周书·列传》第四十,萧统三子萧詧,曾在江陵称帝八载,据说他"少有大志,不拘小节……性不饮酒,安于俭素……尤恶见妇人,虽相去数步,遥闻其臭。经御妇人之衣,不复更着"。

一个曾临九五的人,无论在位如何短暂,疆土如何狭小,我们可以想象内宫粉黛,必极其妍。而萧詧恶见妇人,事属不经,似难索解。女人离他数步之遥,他就闻到她的臭味,更是离奇,难道他遇到的妇人个个都患狐臭?因思古时淳于髡一斗亦醉,一石亦醉,最欢畅的时候是"州闾之会,男女杂坐……前有堕珥,后有遗簪""男女同席,履舄交错……主人留髡而

---

[1] 选自梁实秋著,《雅舍小品.修订本》,南京:江苏人民出版社,2020年4月。

送客,罗襦襟解,微闻芗泽"。芗泽就是指女人身上散发出来的一股特殊的香气。淳于髡说的大概是实话。这种香气须在相当亲近肌肤的时候才能闻到。《红楼梦》里宝玉不是就曾一再勉强地要闻黛玉的袖口吗?只因袖口里有芗泽。这种香气,萧詧大概是无缘消受。不过萧詧雅好佛理,曾有内典《华严》《般若》《法华》《金光明义疏》四十六卷的著作行世,也许因潜心佛理而厌恶女色,亦未可知。可是事实上他生了八个儿子,死时才四十四岁,这又怎么说?

厌恶女性者,英文叫作misogynist,在文学作品中有时也有很率直的描述。例如,十六世纪作家约翰·黎利(John Lyly)所作《优浮绮斯》(*Euphues*),其中有一封长信,是优浮绮斯在离开那不利斯返回雅典时写给他的一位朋友及一般痴情男子的。这封信号称为"戒色指南"(The Cooling Card)。其言曰:

> 她如果贞洁,必定拘谨;如果轻佻,必定浮荡;如是严肃的婆娘,谁肯爱她?如是放浪的泼妇,谁愿娶她?如是侍奉灶神的处女,她们是誓不嫁人的;如是追随爱神的信徒,她们是势必荒淫的。如果我爱一个美貌的,势必引起嫉妒;如果我爱一个貌寝的,会要使我疯狂。如果生育频繁,则负担有增无已;如果不能生育,则我的罪孽越发

深重；如果贤淑，我会担心她早死；如果不淑，我会厌恶她长寿。

把女人说得一无是处，其结论是"避免接近女人"。优浮绮斯的私行并不谨饬，被蛇咬过一回，以后见了绳子也怕。所以他的厌恶女性的论调实是有感而发。

异性相吸，男女相悦，乃是常情。至于溺于女色者，如纣王之宠妲己，幽王之宠褒姒，以至于亡国，则罪不全在妲己与褒姒，纣王、幽王须负更大之责任。只因佳人难再得，遂任其倾城倾国，昏君本人之罪责岂容推诿？赵飞燕的女弟刚接进宫，就有人在背后议论："此祸水也，必将灭火。"汉得火德而兴，是否因此一女子而澌灭，且不去管它，"祸水"一词从此成了某些女性的代名词。西谚有云："任何事故，追根问底，必定有个女人。"话并不错，不过要看怎样解释。一个人在事业上有所成就，很大部分是因为家有贤妻，一个人一生中不闯大祸，也很大部分是因为家有贤妻。"女人是水做的，男人是泥做的"，是女性崇拜的说法，指女人为祸水，是厌恶女性者的口头禅。

谈话的艺术[1]

一个人在谈话中可以采取三种不同的方式，一是独白，一是静听，一是互话。

谈话不是演说，更不是训话，所以一个人不可以霸占所有的时间，不可以长篇大论地絮聒不休，旁若无人。有些人大概是口部筋肉特别发达，一开口便不能自休，绝不容许别人插嘴，话如连珠，音容并茂。他讲一件事能从盘古开天地讲起，慢慢地进入本题，亦能枝节横生，终于忘记本题是什么。这样霸道的谈话者，如果他言谈之中确有内容，所谓"吐佳言如锯木屑，霏霏不绝"亦不难觅取听众。在英国文人中，约翰逊博士是一个著名的例子。在咖啡店里，他一开口，老鼠都不敢叫。那个结结巴巴的高尔斯密一插嘴便触霉头。Sir Oracle[2]在

---

[1] 选自梁实秋著，《雅舍小品》，北京：北京联合出版公司，2014年12月。

[2] 神谕。

说话，谁敢出声？约翰逊之所以被称为当时文艺界的独裁者，良有以也。学问风趣不及约翰逊者，必定是比较的语言无味，如果喋喋不已，如何令人耐得。

有人也许是以为嘴只管吃饭而不作别用，对人乃钳口结舌，一言不发。这样的人也是谈话中所不可或缺的，因为谈话，和演戏一样，是需要听众的，这样的人正是理想的听众。欧洲中古时代的一个严肃的教派Carthusian monks①以不说话为苦修精进的法门之一，整年地不说一句话，实在不易。那究竟是方外人，另当别论，我们平常人中却也有人真能寡言。他效法金人之三缄其口，他的背上应有铭曰："今之慎言人也。"你对他讲话，他洗耳恭听，你问他一句话，他能用最经济的词句把你打发掉。如果你恰好也是"毋多言，多言多败"的信仰者，相对不交一言，那便只好共听壁上挂钟之嘀嗒嘀嗒了。钟会之与嵇康，则由打铁的叮当声来破除两人间之岑寂。这样的人现代也有，相对无言，莫逆于心，吧嗒吧嗒地抽完一包香烟，兴尽而散。无论如何，老于世故的人总是劝人多听少说，以耳代口，凡是不大开口的人总是令人莫测高深；口边若无遮拦，则容易令人一眼望到底。

---

① 加尔都西会教士。

谈话，和作文一样，有主题，有腹稿，有层次，有头尾，不可语无伦次。写文章肯用心的人就不太多，谈话而知道剪裁的就更少了。写文章讲究开门见山，起笔最要紧，要来得挺拔而突兀，或是非常爽朗，总之要引人入胜，不同凡响。谈话亦然。开口便谈天气好坏，当然亦不失为一种寒暄之道，究竟缺乏风趣。常见有客来访，宾主落座，客人徐徐开言："您没有出门啊？"主人除了重申"我没有出门"这一事实之外，没有法子再作其他的答话。谈公事，讲生意，只求其明白清楚，没有什么可说的。一般的谈话往往是属于"无题""偶成"之类，没有固定的题材，信手拈来，自有情致。情人们喁喁私语，总是有说不完的话题，谈到无可再谈，则"此时无声胜有声"了。老朋友们剪烛西窗，班荆道故，上下古今无不可谈，其间并无定则，只要对方不打哈欠。禅师们在谈吐间好逗机锋，不落迹象，那又是一种境界，不是我们凡夫俗子所能企望得到的。善谈和健谈不同，健谈者能使四座生春，但多少有点霸道，善谈者尽管舌灿莲花，但总还要给别人留些说话的机会。

话的内容总不能不牵涉到人，而所谓人，则不是别人便是自己。谈论别人则东家长西家短全成了上好的资料，专门隐恶扬善则内容枯燥听来乏味，揭人阴私则又有伤口德，这其间颇费斟酌。英文gossip一字原义是"教父母"，尤指教母，引申而为任何中年以上之妇女，再引申而为闲谈，再引申而为飞短流长，而为长舌妇，可见这种毛病由来有自，"造谣学校"之缘起亦在于是，而且是中外皆然。不过现在时代进步，这种现象已与年纪无关。谈话而专谈自己当然不会伤人，并且缺德之事经自己宣扬之后往往变成为值得夸耀之事。不过这又显得"我执"太深，而且最关心自己的事的人，往往只是自己。英文的"我"字，是大写字母的I，有人已嫌其夸张，如果谈起话来每句话都用"我"字开头，不更显得自我本位了吗？

在技巧上，谈话也有些个禁忌。"话到口边留半句"，只是劝人慎言，却有人认真施行，真个只说半句，其余半句要由你去揣摩，好像文法习题中的造句，半句话要由你去填充。有时候是光说前半句，要你猜后半句；有时候是光说后半句，要你想前半句。一段谈话中若是破碎的句子太多，在听的方面不加整理是难以理解的。费时费事，莫此为甚。我看在谈话时最好还是注意文法，多用完整的句子为宜。另一极端是，唯恐听者印象不深，每一句话重复一遍，这办法对于听者的忍耐力实在要求过奢。谈话的腔调与嗓音因人而异，有的如破锣，有的如公鸡，有的行腔使气有板有眼，有的回肠荡气如怨如诉，有的于每一句尾加上一串咯咯的笑，有的于说完一段话之后像鲸鱼一般喷一口大气，这一切都无关宏旨，要紧的是说话的声音之大小需要一点控制。一开口便血脉偾张，声震屋瓦，不久便要力竭声嘶，气急败坏，似可不必。另有一些人的谈话别有公式，把每句中的名词与动词一律用低音，甚至变成耳语，令听者颇为吃力。有些人唾腺特别发达，三言两句之后嘴角上便积有两摊如奶油状的泡沫，于发出重唇音的时候便不免星沫四溅，真像是痰唾珠玑。人与人相处，本来易生摩擦，谈话时也要保持距离，以策安全。

骂人的艺术[1]

古今中外没有一个不骂人的人。骂人就是有道德观念的意思，因为在骂人的时候，至少在骂人者自己总觉得那人有该骂的地方。何者该骂，何者不该骂，这个抉择的标准，是极道德的。所以根本不骂人，大可不必。骂人是一种发泄感情的方法，尤其是那一种怨怒的感情。想骂人的时候而不骂，时常在身体上弄出毛病，所以想骂人时，骂骂何妨？

但是，骂人是一种高深的学问，不是人人都可以随便试的。有因为骂人挨嘴巴的，有因为骂人吃官司的，有因为骂人反被人骂的，这都是不会骂人的缘故。今以研究所得，公诸同好，或可为骂人时之一助乎？

---

[1] 选自梁实秋著，《雅舍小品》，北京：作家出版社，2019年1月。

一、知己知彼

骂人是和动手打架一样的，你如其敢打人一拳，你先要自己忖度下，你吃得起别人的一拳否。这叫作知己知彼。骂人也是一样。譬如你骂他是"屈死"，你先要反省，自己和"屈死"有无分别。你骂别人荒唐，你自己想想曾否吃喝嫖赌。否则别人回敬你一二句，你就受不了。所以别人有着某种短处，而足下也正有同病，那么你在骂他的时候，只得割爱。

二、无骂不如己者

要骂人须要挑比你大一点的人物，比你漂亮一点的，或者比你坏得万倍而比你得势的人物。总之，你要骂人，那人无论在好的一方面或坏的一方面都要能胜过你，你才不吃亏的。你骂大人物，就怕他不理你，他一回骂，你就算骂着了。因为身份相同的人才肯对骂。在坏的一方面胜过你的，你骂他就如教训一般，他即便回骂，一般人仍然不会理会他的。假如你骂一个无关痛痒的人，你越骂他他越得意，时常可以把一个无名小卒骂出名了，你看冤与不冤？

三、适可而止

骂大人物骂到他回骂的时候，便不可再骂；再骂则一般人对你必无同情，以为你是无理取闹。骂小人物骂到他不能回骂的时候，便不可再骂；再骂下去则一般人对你也必无同情，以为你是欺负弱者。

四、旁敲侧击

他偷东西，你骂他是贼；他抢东西，你骂他是盗，这是笨伯。骂人必须先明虚实掩映之法，须要烘托旁衬，旁敲侧击，于要紧处只一语便得，所谓杀人于咽喉处着刀。越要骂他你越要原谅他，即便说些恭维话亦不为过，这样的骂法才能显得你所骂的句句是真实确凿，让旁人看起来也可见得你的度量。

五、态度镇定

骂人最忌浮躁。一语不合，面红筋跳，暴躁如雷，此灌夫骂座，泼妇骂街之术，不足以骂人。善骂者必须态度镇静，行若无事。普通一般骂人，谁的声音高便算谁占理，谁来得势猛便算谁骂赢，唯真善骂人者，乃能避其锋而击其懈。你等他骂得疲倦的时候，你只消轻轻地回敬他一句，让他再狂吼一阵。

在他暴躁不堪的时候，你不妨对他冷笑几声，包管你不费力气，把他气得死去活来，骂得他针针见血。

六、出言典雅

骂人要骂得微妙含蓄，你骂他一句要使他不甚觉得是骂，等到想过一遍才慢慢觉悟这句话不是好话，让他笑着的面孔由白而红，由红而紫，由紫而灰，这才是骂人的上乘。欲达到此种目的，深刻之用词固不可少，而典雅之言词尤为重要。言词典雅则可使听者不致刺耳。如要骂人骂得典雅，则首先要在骂时万万别提起女人身上的某一部分，万万不要涉入生理学范围。骂人一骂到生理学范围以内，底下再有什么话都不好说了。譬如你骂某甲，千万别提起他的令堂令妹。因为那样一来，便无是非可言，并且你自己也不免有令堂令妹，他若回敬起来，岂非势均力敌，半斤八两？再者骂人的时候，最好不要加入以种种难堪的名词，称呼起来总要客气，即使他是极卑鄙的小人，你也不妨称他"先生"，越客气，越骂得有力量。骂的时节最好引用他自己的词句，这不但可以使他难堪，还可以减轻他对你骂的力量。俗话少用，因为俗话一览无遗，不若典雅古文曲折含蓄。

七、以退为进

两人对骂，而自己亦有理屈之处，则处于开骂伊始，特宜注意，最好是毅然将自己理屈之处完全承认下来，即使道歉认错均不妨事。先把自己理屈之处轻轻遮掩过去，然后你再重整旗鼓，着着逼人，方可无后顾之忧。即使自己没有理屈的地方，也绝不可自行夸张，务必要谦逊不遑，把自己的位置降到一个不可再降的位置，然后骂起人来，自有一种公正光明的态度。否则你骂他一两句，他便以你个人的事反唇相讥，一场对骂，会变成两人私下口角，是非曲直，无从判断。所以骂人者自己要低声下气，此所谓以退为进。

八、预设埋伏

你把这句话骂过去，你便要想想看，他将用什么话骂回来。有眼光的骂人者，便处处留神，或是先将他要骂你的话替他说出来，或是预先安设埋伏，令他骂回来的话失去效力。他骂你的话，你替他说出来，这便等于缴了他的械一般。预设埋伏，便是在要攻击你的地方，你先轻轻地安下话根，然后他骂过来就等于枪弹打在沙包上，不能中伤。

九、小题大做

如对方有该骂之处，而题目身小，不值一骂，或你所知不多，不足一骂，那时节你便可用小题大做的方法，来扩大目标。先用诚恳而怀疑的态度引申对方的意思，由不紧要之点引到大题目上去，处处用严谨的逻辑逼他说出不逻辑的话来，或是逼他说出合于逻辑但不合乎理的话来，然后你再大举骂他，骂到体无完肤为止，而原来惹动你的小题目，轻轻一提便了。

十、远交近攻

一个时候，只能骂一个人，或一种人，或一派人。决不宜多树敌。所以骂人的时候，万勿连累旁人，即使必须牵涉多人，你也要表示好意，否则回骂之声纷至沓来，使你无从应付。

骂人的艺术，一时所能想起来的有上面十条，信手拈来，并无条理。我作此文的用意，是助人骂人。同时也是想把骂人的技术揭破一点，供爱骂人者参考。挨骂的人看看，骂人的心理原来是这样的，也算是揭破一张黑幕给你瞧瞧！

辑二

行至水穷，坐看云起：
自然是很有情的

水仙一花六瓣，作白色，花心副瓣，作黄色，宛然盏样，故有「金盏银台」之称。它怕冷，它要阳光。我们把它放在窗内有阳光处去晒它，它很快地展瓣盛开。天天搬来搬去，天天换水，要小心地伺候它。它有袭人的幽香，它有淡雅的风致。

虹[①]

英国诗人华次渥兹[②]于一八○二年作了一首小诗,仅仅九行,但是很概括地表明了他对自然的看法,大意是这样的——

> 我的心跳了起来,当我看见
> 天上有彩虹一条;
> 我生命开始有此经验,
> 如今长大成人仍是这般;
> 但愿还是这样,当我到了老年,
> 否则不如死掉!
> 孩子是成年人的父亲;
> 我愿我以后一天天的时间,
> 借崇拜自然而得以连接不断。

[①] 选自梁实秋著,刘天华、维辛编选,《梁实秋读书札记》,北京:中国广播电视出版社,1990年9月。
[②] 今译华兹华斯。

在自然现象中，虹是很令人惊奇的一项。我在儿时，每逢雨霁，东方天空出现长虹，那一条庞大的弧形，红、橙、黄、绿、蓝、靛、紫，色彩鲜明如带，就不免惊呼雀跃，我的大姐总是警告我说："不要手指，否则烂掉指头！"不知这宗迷信从何而起。古时虹蜺二字连用（蜺亦作霓），似乎是指近于龙的一种动物，雄为虹，雌为蜺，色鲜盛者为雄，暗者为雌。《尔雅》是这样说的。宋人刘敬叔《异苑》是一种神怪小说。有这样一条："晋陵薛愿，有虹饮其釜，嗡响便竭，愿辈酒灌之，随咽便吐金满器，于是灾弊日祛，而丰富数臻。"能虹饮的龙好像体形并不太大，而且颇为吉利。《史记·五帝纪》注："瞽叟姓妫，妻曰握登，见大虹意感而生舜于姚墟。"虹还能使妇人意感而孕，真是匪夷所思。凡此不经之谈，皆是说明我们古人一直把虹看作为有生命的动物，甚至为有神通的精灵。华次渥兹的泛神思想也就不足为异了。

我以前所见的虹都是短短的一橛，不是为房脊所遮，便是被树梢所掩，极目而望，瞬即消逝。近来旅游美洲，寄寓于西雅图，其地空旷开朗，气候特佳。一日午后雨霁，凭窗而望，"蝃蝀[1]在东"，心中为之一震，犹之华次渥兹的"心跳了起来"。因为在我眼前的虹，不但色彩鲜，在广阔无垠的天空之

---

[1] 音同地冬，彩虹的别名。

中从陆地的一端拱起到另一端,足足的是个一百八十度的半圆弧形,像这样完整而伟大的虹以前从未见过,如今尽收眼底。我童心未泯,不禁大叫起来,惊动家人群出仰视,莫不叹为奇景。

华氏小诗末行公然标出"崇拜自然"四个字,是甚堪玩味的。基督徒崇拜的是上帝,而他崇拜的是自然,他对自然的态度有过几度的转变,幼时是纯感官的感受,长而赋自然以生命,最后则以外界的自然景象与自己的内心融为一体。他对自然的认识,既浪漫又神秘,和陶渊明所谓的"此中有真意,欲辩已忘言"像是有些相近。

山杜鹃[1]

  山杜鹃,英文作rhododendron,字首rhodo表"玫瑰"之意,字尾dendron表"树"之义,故亦可译作"玫瑰树",事实上这植物开花时节真是花团锦簇,而躯干修伟,可达三十几英尺之高,蔚为壮观,称之为树亦甚相宜。是石南属常青灌木之一,叶子是互生的,春夏之交枝端绽出色彩鲜艳的伞状花,光彩照眼,如火如荼。花的颜色种类繁多,有红的、白的、粉红的、淡紫的,浓淡深浅各极其致。品种也很多,据说马来群岛、澳洲北部、中国高山及喜马拉雅山上都有分布。可是我从来没有看见过它。我们在四月底匆匆就道,就是生怕误了这个花季。

  还好,我们到达西雅图,正赶上这个花季的尾声。这种

---

[1] 选自梁实秋著,《雅舍遗珠 修订本》,南京:江苏人民出版社,2020年6月。

花，华盛顿州引以自傲，奉为州花，其实西维吉尼亚州[1]也是视为州花的。西雅图地处美国的西北角，在太平洋的边缘，在冬天有暖风向西南吹，在夏天有阿拉斯加海湾的冷气从西北方袭来，所以终年不冷不热，不湿不燥，正适于山杜鹃的生长。市区本身约九十平方英里，人口五十多万人（包括郊区则有一百一十多万人），和许多其他地方比较起来称得上是地广人稀。美国的住宅方式和我们的不同，他们好像是不喜欢围墙，每家门外都是或大或小的花园，一片草地，几堆花丛，家与家之间偶然也有用矮矮的篱笆隔离的，但是永远遮不住行人的视线，那万紫千红竞奇斗妍好像是有意邀行人的注目。西雅图是建立在七座山头之上，全市的地势都是上上下下，我们住的地方有高屋建瓴之势，所以我从窗户望出去，到处是花树扶疏，蓊蓊郁郁。山杜鹃好像是每家都有几棵，或栽在房檐下，或植在草地中间，或任其在路边生长。我清晨散步，逐户欣赏那无数的山杜鹃，好像都在对着我笑。这里住家的主人主妇，在整理庭园上谁也不甘落后，你剪草地，我施肥，你拔莠草，我浇水，大概就是为了赢得行人一声赞叹吧。人与人，家与家……本来何必要隔上那么一堵墙？我译过一首美国诗人佛劳斯特[2]的诗，不禁想起了它：

---

[1] 今译西弗吉尼亚州。
[2] 今译弗罗斯特。

补墙

有一点什么，它大概是不喜欢墙，
它使得墙脚下的冻地涨得隆起，
大白天的把墙头石块弄得纷纷落；
使得墙裂了缝，二人并肩都走得过。
士绅们行猎时又是另一番糟蹋：
他们要掀开每块石头上的石头，
我总是跟在他们后面去修补，
但是他们要把兔子从隐处赶出来，
讨好那群汪汪叫的狗。我说的墙缝
是怎么生的，谁也没看见，谁也没听见，
但是到了春季补墙时，就看见在那里。
我通知了住在山那边的邻居；
有一天我们约会好，巡视地界一番，
在我们两家之间再把墙重新砌起。
我们走的时候，中间隔着一垛墙。
落在各边的石块，由各自去料理。
有些是长块的，有些几乎圆得像球，
需要一点魔术才能把它们放稳当：
"老实待在那里，等我们转过身再落下！"
我们搬弄石头，把手指都磨粗了。

啊！这不过是又一种户外游戏，
一个人站在一边。此外没有多少用处：
在墙那地方，我们根本不需要墙：
他那边全是松树，我这边是苹果园。
我的苹果树永远也不会踱过去
吃掉他松树下的松球，我对他说。
他只是说："好篱笆造出好邻家。"
春天在我心里作祟，我在悬想
能不能把一个念头注入他的脑里：
"为什么好篱笆造出好邻家？是否指
有牛的人家？可是我们此地又没有牛。
我在造墙之前，先要弄个清楚，
圈进来的是什么，圈出去的是什么，
并且我可能开罪的是些什么人家。
有一点什么，它不喜欢墙，
它要推倒它。"我可以对他说这是"鬼"，
但严格说也不是鬼，我想这事还是
由他自己决定吧。我看见他在那里
搬一块石头，两手紧抓着石头的上端，
像一个旧石器时代的武装的野蛮人。
我觉得他是在黑暗中摸索，
这黑暗不仅是来自深林与树荫。

> 他不肯探究他父亲传给他的格言，
> 他想到这句格言，便如此的喜欢，
> 于是再说一遍："好篱笆造出好邻家。"

因西雅图家家户户不设围墙，我想起了这首诗，但是我也想起了我们的另一句俗话："亲兄弟，高打墙！"

季淑爱花成癖，在花厂看到大片大片盆栽的山杜鹃，流连不忍去，我怂恿她买下最小的一盆，再困难我也要把它携回台湾。不料放在阳台上，雨露浸润，个把月的工夫，抽芽放叶，枝条挺出，俨然成了一棵小树，我们只好把它移植到庭园的一角，还它自由，不必勉强它离乡背井地在炎方瘴地去受流落之苦了。

树犹如此[1]

奥斯汀的小说 *Sense and Sensibility*[2]里面的一个人物爱德华·佛拉尔斯说过这样的一句话："我不喜欢弯曲的、扭卷的、受过摧残的树。如果它们长得又高又直，并且茂盛，我便更能欣赏它们。"我有同感。

在这亚热带的城市里住了二十多年，所看见的树令人觉得愉快的并不太多。椰子树、槟榔树，倒是又高又直，像电线杆子似的，又像是摔头的鸡毛帚，能说是树吗？难得看到像样子的枝叶扶疏的树。有时候驱车经过一段马路看见两排重阳木，相当高大，很是壮观，顿时觉得心中一畅。龙柏、马尾松之类有时在庭园里也能看到，但多少总是罩上了一层晦气，是烟，是灰，是尘？一定要到郊外，像阳明山，才能看见娇翠欲滴的树，总像是刚被雨水洗过的样子。有一次登阿里山，才算

---

[1] 选自梁实秋著，《雅舍杂文》，南京：江苏人民出版社，2020年6月。
[2] 《理智与情感》。

是看见了真正健康的树，有茁壮的幼苗，有参天的古木，有腐朽的根株。在规模上和美国华盛顿州奥林匹亚半岛的国家森林公园固不能比，但其原始的蛮荒的气味则殊无二致。稍有遗憾的是，凡大森林都嫌单调，杉就是杉，柏就是柏，没有变化。我们中国人看树，特别喜欢它的姿态，会心处并不在多。《芥子园画谱》教人画树，三株一簇，五株一簇，其中的树叶有圆圈，有个字，也有横点，说不出是什么树，反正是各极其妍。艺术模仿自然，自然也模仿艺术。要不然，我们怎会说某一棵树有画意，可以入画呢？但是树也不一定要虬曲盘结才算是美。事实上，那些横出斜逸的树往往是意外所造成的，或是生在峭壁的罅隙里，或是经年遭受狂风的打击，所以才有那一副不寻常的样子。犹之人也有不幸而跛足驼背者。我们不能说只有畸形残废的才算是美。

盆栽之术，盛行于东瀛，实在是源于我国，江南一带的名园无不有此点缀。《姑苏志》："虎邱人善于盆中植奇花异卉，盘松古梅，置之几案。清雅可爱，谓之盆景。"即使一个古色古香的盆子，种上一丛文竹，放在桌上，时有新条茁长，即很有可观，不要奇花异卉。比瓶中供养或插花之类要自然得多。曾见有人折下两朵红莲，插在一只长颈细腰的霁红瓶里，亭亭玉立，姿态绰约，但是总令人生不快之感，不如任它生长在淤泥之中。美人可爱，但不能像莎乐美似的把头切下来盛在盘子里。盆栽的工人通常用粗硬铁丝把小树的软条捆绕起来，然后弯曲之，使成各种固定的姿态，不仅像是五花大绑，而且是使铁丝逐渐陷入树皮之中的酷刑。树何曾不想挣脱羁绊，但是不得不屈服在暴力之下！而且那低头匍伏的惨状还要展览示众！

凡艺术作品，其尺寸大小自有其合理的限制。佛像的塑造或图画无妨尽量地大，因为其目的本来是要造成一种庄严威慑的气势，不如此，那些善男信女怎么五体投地地膜拜呢？活人则不然。普通人物画总是最多以不超过人之原有的尺寸为度。一个美人的绘像，无论如何不能与庙门口的四大金刚看齐。树和人一样，松柏之类天生高耸参天，若是勉强它局促在一个盆子之内，它也能活，但是它未能尽其天性。我看过一盆号称千年古梅的盆景。确实是很珍贵，很难得，也很有趣，但是我总觉得它像是马戏团的侏儒。

清龚定庵写过一篇文章，题为"病梅馆记"。从前小学教科书国文课本里选过这篇文章，给人的印象很深。他有很多盆梅，都是加过人工的，他于心不忍，一一解其束缚，使能恢复正常之生长，因以"病梅馆"名其居。我手边没有龚定庵的集子，无从查考原文，因看到奥斯汀小说中之一语而联想及之。

州际公路[1]

美国交通发达,全国有三百五十万哩的道路,其最壮观的是所谓州际公路(Interstate Highway System)。基于交通需要,国会于一九五六年就通过法案,准备以十三年到十五年的时间建筑全国性的主要交通干线四万一千哩,由海岸到海岸,在地界相连的四十八州之内把二百零九个城市连贯起来。最初估计经费约需二百七十五亿元,事后增加到四百七十余亿元,百分之九十由联邦政府负担,余数由各州协助。预计到了一九七二年,全国五万人口以上的城市当有百分之九十以上都被州际公路连在一起。一切设计是根据一种估计,预料到了一九七五年,全国行驶的汽车当在一亿辆以上。这是一个伟大的计划,因为百分之八十的道路是要新建的,百分之二十是旧路加以扩展,而且每一条道都是来回单行道。换言之,即是每

---

[1] 选自杨迅文主编,《梁实秋文集》编辑委员会编,《梁实秋文集·第3卷》,厦门:鹭江出版社,2002年10月。

一条道路均是两条路，一去一来，两路之间有狭长空隙地带，所谓median strip①。每条路分四线以至八线（lanes）。至于汽车行驶速度，百分之三倾斜度的平地上可行驶每小时七十哩，百分之四倾斜度的起伏地为六十哩，百分之五倾斜度的山地为五十哩。路面都是高级的，经得住大型货车的使用。

古罗马人最善修道路，纪元前三百多年修建的"亚庇大道"号称为"百路之王"，全长也不过七百二十公里，虽然也加了路面，在规模上不能和美国的州际公路同日而语。在美国州际公路上开车，风驰电掣，无远弗届，是令人快意的一件事。有人认为开山辟路破坏风景，使得名山胜景不再保有隐僻的意味，但是我们若从经济利益、国防需要，甚至观光方便方面着想，这公路系统实在是太值得赞叹了。

我们在纽约勾留四天，便在一清早租赁汽车循州际公路直趋波斯顿②。士耀、文蔷对于长途开车是有经验的，他们曾经由伊利诺州③一直开到西雅图，人车平安。士耀经验更多，此次便独任驾驶，我们都很放心。公路上有明显的标志，随时注意标志便不至有误，什么地方可以脱离公路，什么地方岔道

---

① 意为中央隔离带。
② 今译波士顿。
③ 今译伊利诺伊州。

下去可以就餐就宿，什么地方要减缓速度，什么地方有电话、医院、警察，等等，都有指示。只是要反应敏捷，眼明手快，平常速度都在六十至八十哩之间，不容犹豫，不及商量，稍有疏失，走错了路，再回头就要十哩八哩地浪费。因此浦家麟先生唯恐我们有失，坚持要开着他自己的车护送我们到纽约州边界，盛意难却，由他在前开道，缓缓而行，三数小时后始握手言别。从前人送行到十里长亭，如今一送几百哩！

我们的路程是由纽约至波斯顿剑桥，然后赴尼加拉瀑布①，入加拿大界西南行，再返回美国界到底特律。全程五天四夜。沿途住汽车旅馆（Motel），吃美国式的简易餐厅——一路上是霍华德·约翰孙餐厅（Howard Johnson）的分店，坐在汽车里身体踡跼，只听得耳边飕飕的汽车行驶声，是有一点单调。可是沿途虽然没有风景可观，广大的平原，上面有森林、农舍，也令人目旷神怡，尤其是常见有麋鹿出没，尤为有趣。这一带的公路什九②是"收税路"，所谓"Turnpike"，走不远要付一次买路钱，所费不多，但颇讨厌。收税站有几条线，自备准确数目之税钱者走一条线，需找零钱者走另一条线，秩序井然。有时自备准确数目税钱，只需投入路边一大漏

---

① 今译尼亚加拉瀑布。
② 十分之九，指绝大多数。

斗中，不需专人坐收，内有机关，钱数符则灯亮闸开，放车过去，设计甚巧。

我们一路平安，只是离开剑桥后，傍晚天气骤变，远远的地平线上涌起黑云，雷声隐隐，天地黯惨，忽地看见电闪从天上欹里歪斜地刺射而下，一阵冷风兜顶压来，随后便是大雨滂霈。我们知道在雷雨中留在密闭的汽车里是相当安全的，可是一个接着一个的霹雳好像是紧紧地追随着我们，不由得心慌起来。雨势越来越大，倾盆而下，挡风玻璃上的电动刷子已不生效，玻璃里面起了一层湿气，对外的视线几乎完全不透。

这时候车不能停，亦看不见路边有无空地可停，只能冒着大雨挣扎前进。赖士耀的镇定，我们终于在雨势稍杀之际寻得岔道到一餐馆小息。雨停，再度出发，不料又遇到更大的雷雨，寸步难行，危急万状。至由提卡（Utica），勉强找到一家汽车旅馆。翌日去尼加拉瀑布。

尼加拉瀑布[1]

尼加拉瀑布是我的旧游之地，那是在一九二四年夏，同游者闻一多早已下世。瀑布风光常在我想象之中。美国人称尼加拉瀑布为"度蜜月者的天堂"。度蜜月者最理想的地方应该是一个山明水秀而又远离尘嚣的地方，像尼加拉瀑布游人如蚁、昼夜喧豗的地方，如何能让一对度蜜月者充分地全神贯注地彼此互相享受呢？这也许是西方人的看法，而度蜜月本是西方的产物。不过瀑布本身确是十分动人的。

我们到水牛城，立即驰往尼加拉瀑布（市镇名），傍晚在一家汽车旅馆住下。我上次来，一下火车站就听到洶湧澎湃的声音，如今旧地重游，夜阑人静，一点声音也听不到，是瀑布上的槛岩年年崩落减小了水势，还是我的耳朵渐聋以至于充耳不闻？任何名胜，游览一次有一次的情趣，再游便另是一种

---

[1] 选自梁实秋著，高旭东、宋庆宝编选，《梁实秋集》，广州：花城出版社，2008年4月。

风光。

翌晨，旅馆特备小型游览汽车专为我们使用一天，导游兼任司机，取费甚廉，仅八元。这位蓄小胡子的导游可是一个人才，不但口若悬河，一路没有停嘴，而且下车之后他倒退着走路，面对着我们指手画脚地、不惮烦地详为解说一切，走到山羊岛上的时候，我生怕他一不当心仰跌到急湍里去。山羊岛上曲折有致，忽然看到树丛里有野兔出没，君达、君迈乐不可支，和野兔追逐起来。据导游说，兔子是买来放在这里的，借以增加野趣，就像城市公园草地上的鸽子、松鼠一样供人观赏。随后我们就驱车过桥，进入加拿大境，观看美国瀑的正面，同时观看加拿大境的更壮观的马蹄瀑。观瀑一定要到加拿大才能看得一清二楚。这里有一座比较高的瞭望塔，塔的正面悬一巨像，乃是加拿大著名的骑警队员的画像，在这观光胜地悬挂警察画像，用意何在殊难索解。塔的形状颇似西雅图的太空针，而高度不及。我们买票登塔，遥望两个瀑布有如湍濑。看完瀑布区便乘车沿尼加拉河东行，参观了一所公园，还有一所规模相当大的园艺学院，都宽阔整洁。而隔河看美国的一边，则只见烟囱林立，黑烟漫空，凌乱的棚舍迤逦数十里，丑恶之态使这名胜之地蒙羞。从前英国工业化之后罗斯金（Ruskin）为保存风景，曾呼吁开筑铁路要审慎处理，实在不无见地。工业区的建立与风景区的保存是可以并行不悖的。

我们匆匆走玩一天，兴尽而返，而导游仍然兴致勃勃，絮聒不休。士耀在车里抬头一看，见一告白："君如认此导游之服务为不能令人满意，则可不必惠给小费。"我们相顾而笑。下车时士耀付小费五元，导游雀跃而去。

回到旅舍，我们觉得瀑布还值得再看一次，决定明天搬到加境的一家旅馆再住一夜。这一天没有导游聒噪，反倒觉得自由了。最有趣的是坐缆车下峡谷，乘"雾中女郎"号汽船驶近马蹄瀑。每个游客都穿上长长厚厚的雨衣，罩上雨帽，等汽艇逼近瀑布的时候，但听得泷泷水响，继而滂濞沆溉，大水自上崩注而下，有电弩雷骇之势，俄而大风起处，雾雨咸集，每个人都兜头灌顶，浑身尽湿。入夜，瀑布下彩色电灯放出强光，照得五颜六色，有人认为绚烂壮丽，其实恶俗不堪。这也许是我们看惯了水墨山水画，一着色反觉不雅。

尼加拉瀑布实在不高，马蹄瀑只有一百五十八呎[①]高，两千九百五十呎阔，美国瀑一百六十七呎高，约一千四百呎阔，阔得可观，高则不足道。但是每分钟有五十万吨水倾注而下，不能不算是一大奇观。飞瀑流泉，世界上何处无之，但以言声势之壮，则无出此右者。

---

① 英美制长度单位，英尺旧称。一呎为十二英寸，约合三十厘米。

群芳小记①

"老子爱花成癖",这话我不敢说。爱花则有之,成癖则谈何容易。需要有一块良好的场地,有一间宽敞的温室,有各种应用的器材。更重要的是有健壮的体格,和充分的闲暇。我何足以语此。好不容易我有了余力,有了闲暇,但是曾几何时,人垂垂老矣!两臂乏力,腰不能弯,腿不能蹲。如何能够剪草、搬盆、施肥、换土?请一位园丁,几天来一次,只能帮做一点粗重的活。而且花是要自己亲手培养,看着它抽芽放蕊,才有趣味。像鲁迅所描写的"吐两口血,扶着丫鬟,到阶前看秋海棠"②,那能算是享受吗?

迁台以来,几度播迁,看到了不少可爱的花。但是我经

---

① 选自梁实秋著,《雅舍遗珠 修订本》,南京:江苏人民出版社,2020年6月。
② 此处为作者误记,鲁迅原文为"吐半口血,两个侍儿扶着,恹恹地到阶前去看秋海棠",出自鲁迅《病后杂谈》。

过多少次的移徙,"乔迁"上了高楼,竟没有立锥之地可资利用,种树莳花之事乃成为不可能。无已,只好寄情于盆栽。幸而菁清爱花有甚于我者,她拓展阳台安设铁架,常不惜长途奔走载运花盆、肥土,戴上手套做园艺至于忘寝废食。如今天晴日丽,我们的窗前绿意盎然。尤其是她培植的"君子兰"由一盆分为十余盆,绿叶黄花,葳蕤多姿。我常想起黄山谷的句子:"白发黄花相牵挽,付与旁人冷眼看①。"

菁清喜欢和我共同赏花,并且要我讲述一些有关花木的见闻,爱就记忆所及,拉杂记之。

一、海棠

海棠的风姿艳质,于群芳之中颇为突出。

我第一次看到繁盛缤纷的海棠是在青岛的第一公园。二十年②春,值公园中樱花盛开,夹道的繁花如簇,交叉蔽日,蜜蜂嗡嗡之声盈耳,游人如织。我以为樱花无色无香,纵然蔚为雪海,亦无甚足观,只是以多取胜。徘徊片刻,乃转去苗圃,

---

① 此处为作者误记,应为"黄花白发相牵挽,付与时人冷眼看",出自黄庭坚《鹧鸪天》。
② 指一九三一年。

看到一排排西府海棠，高及丈许，而花枝招展，绿鬓朱颜，正在风情万种、春色撩人的阶段，令人有忽逢绝艳之感。

海棠的品种繁多，以"西府"为最胜，其姿态在"贴梗""垂丝"之上。最妙处是每一花苞红得像胭脂球，配以细长的花茎，斜欹挺出而微微下垂，三五成簇。凡是花，若是紧贴在梗上，便无姿态，例如茶花，好的品种都是花朵挺出的。樱花之所以无姿态，便是因为无花茎。榆叶梅之类更是品斯下矣。海棠花苞最艳，开放之后花瓣的正面是粉红色，背面仍是深红，俯仰错落，浓淡有致。海棠的叶子也陪衬得好，嫩绿光亮而细致。给人整个的印象是娇小艳丽。我立在那一排排的西府海棠前面，良久不忍离去。

十余年后我才有机会在北平寓中垂花门前种植四棵西府海棠，着意培植，春来枝枝花发，朝夕品赏，成为毕生快事之一。明初诗人袁士元和刘德彝《海棠》诗有句云："主人爱花如爱珠，春风庭院如画图。"似此古往今来，同嗜者不在少。两蜀花木素盛，海棠尤为著名。昌州（今大足县）且有"海棠香国"之称。但是杜工部经营草堂，广栽花木，独不及海棠，诗中亦不加吟咏，或谓避母讳，不知是否有据。唐诗人郑谷《蜀中赏海棠》诗云："浓淡芳春满蜀乡，半随风雨断莺肠。浣花溪上堪惆怅，子美无心为发扬。"其言若有憾焉。

以海棠与美人春睡相比拟，真是联想力的极致。《唐书·杨贵妃传》："明皇登沉香亭，召杨妃，妃被酒新起，命力士从侍儿扶掖而至。明皇笑曰：'此真海棠睡未足耶？'"大概是海棠的那副懒洋洋的娇艳之状像是美人春睡初起。究竟是海棠像美人，还是美人像海棠，倒是一个有趣的问题。苏东坡一首《海棠》诗有句云："林深雾暗晓光迟，日暖风清春睡足。"是把海棠比作美人。

秦少游对于海棠特别感兴趣。宋释惠洪《冷斋夜话》："少游在横州，饮于海棠桥，桥南北多海棠，有老书生家于海棠丛间。少游醉宿于此，明日题其柱云：'唤起一声人悄，衾暖梦寒窗晓。瘴雨过，海棠开，春色又添多少。社瓮酿成微笑，半破瘿瓢共舀。觉倾倒，急投床，醉乡广大人间小。'"家于海棠丛中，多么风流！少游醉后题词，又是多么潇洒！少游家中想必也广植海棠，因为同为苏门四学士的晁补之有一首《喜朝天》，注"秦宅海棠作"，有句云："碎锦繁绣，更柔柯映碧，纤搊匀殷。谁与将红间白。采薰笼，仙衣覆斑斓。如有意，浓妆淡抹，斜倚阑干。"刻画得淋漓尽致。

二、含笑

白朴的曲子《广东原》有这样的一句："忘忧草，含笑花,劝君闻早宜冠挂。"以"忘忧草"(萱草)与"含笑花"作对,很有意思。大概是语出欧阳修《归田录》:"丁晋公在海南,篇咏尤多,如:'草解忘忧忧底事,花名含笑笑何人?'尤为人所传诵。"含笑花是什么样子,我从未见过,因为它是南方花木,北地所无。

我来到台湾之后十年,开始经营小筑,花匠为我在庭园里栽了一棵含笑。是一人来高的灌木,叶小枝多,毫无殊相。可是枝上有累累的褐色花苞,慢慢长大,长到像莲实一样大,颜色变得淡黄,在燠热湿蒸的天气中,突然绽开。不是突然展瓣,是花苞突然裂开小缝,像是美人的樱唇微绽,一缕浓烈的香气荡漾而出。所以名为含笑。那香气带着甜味,英文俗名称之为"香蕉灌木"(banana shrub),名虽不雅,确是贴切。宋人陈善《扪虱新话》:"含笑有大小,小含笑香尤酷烈。四时有花,唯夏中最盛。又有紫含笑、茉莉含笑。皆以日夕入稍阴则花开。初开香尤扑鼻。予山居无事,每晚凉坐山亭中,忽闻香风一阵,满室郁然,知是含笑开矣。"所记是实。含笑易谢,不待隔日即花瓣敞张,露出棕色花心,香气亦随之散尽,落花狼藉满地。但是翌日又有一批花苞绽开,如是持续很久。淫雨之后,花根积水,逐渐呈枯零之态。急为它垫高地基,盖以肥土,以利排水,不久又欣欣向荣,花苞怒放了。

大抵花有色则无香，有香则无色。不知是否上天造物忌全？含笑异香袭人，而了无姿色，在群芳中可独树一格。宋人姚宽《西溪丛语》载"三十客"之说，品藻花之风格，其说曰："牡丹，贵客。梅，清客。李，幽客。桃，妖客。杏，艳客。莲，溪客。木樨，严客。海棠，蜀客。……含笑，佞客。……"含笑竟得佞客之名，殊难索解。佞有伪善或谄媚之意。含笑芬芳馥郁，何佞之有？我对于含笑特有一份好感，因为本地人喜欢采择未放的含笑花苞，浸以净水，供奉在亡亲灵前或佛龛案上，一瓣心香，情意深远，美极了。有一位送货工友，在我门外就嗅到含笑香，向我乞讨数朵，问以何用，答称新近丧母，欲以献在灵前，我大为感动，不禁鼻酸。

三、牡丹

牡丹不是我国特产，好像是传自西方。隋唐以来，始盛播于中土，朝野为之风靡。天宝中，杨贵妃在沉香亭赏木芍药，李白作《清平调词》三章，有"云想衣裳花想容"之句。木芍药即牡丹。百年之后，裴度退隐，"寝疾永乐里，暮春之月，忽过游南园，令家仆童升至药栏，语曰：'我不见花而死，可悲也。'怅然而返。明早报牡丹一丛先发，公视之，三日乃薨。"是真所谓牡丹花下死。白居易为钱塘守，携酒赏牡丹，张祜题诗云："浓艳初开小药栏，人人惆怅出长安。风流却是钱塘守,不踏红尘看牡丹。"刘禹锡赏牡丹诗:"唯有牡丹真国色,花开时节动京城。"其他诗人吟咏牡丹者不计其数。

周敦颐《爱莲说》:"自李唐来,世人甚爱牡丹。……牡丹花之富贵者也。……牡丹之爱宜乎众矣。"濂溪先生独爱莲,这也罢了,但是字里行间对于牡丹似有贬义。国色天香好像蒙上了羞。富贵中人和向往富贵的人当然仍是趋牡丹如鹜。许多志行高洁的人就不免要受《爱莲说》的影响,在众芳之中别有所爱而讳言牡丹了。一般人家里没有药栏,也没有盆栽的牡丹,但至少壁上可以悬挂一幅富贵花图。通常是一画就是五朵,而且颜色不同,魏紫姚黄之外再加上绛色的、粉红色的和朱红色的。据说这表示五世其昌。五朵花都是同时在盛开怒放的姿态之中,花蕊暴露,而没有一瓣是萎腰褪色的。同时,还必须多画上几个含苞待放的蓓蕾,表示不会断子绝孙。因此牡丹益发沾染了俗气。

其实,牡丹本身不俗。花大而瓣多,色彩淡雅,黄蕊点缀其间,自有雍容丰满之态。其质地细腻,不但花瓣的纹路细致,而且厚薄适度。叶子的脉理停匀,形状色彩,亦均秀丽可观。最难得的是其近根处的木本,在泡松的木干之中抽出几根,透润的枝条,极有风致。比起芍药不可同日而语。尝看恽南田工笔画的没骨牡丹,只觉其美,不觉其俗,也许因为他不是画给俗人看的。

名花多在寺院中，除了庄严佛土，还可吸引众生前去随喜。苏东坡知杭州，就常到明庆寺吉祥寺赏牡丹，有诗为证。《雨中明庆寺赏牡丹》："霏霏雨露作清妍，烁烁明灯照欲然。明日春阴花未老，故应未忍着酥煎。"末句有典故，五代后蜀有一兵部贰卿李昊，牡丹开时分赠亲友，附兴采酥，于花谢时煎食之。牡丹花瓣裹上面糊，下油煎之，也许有一股清香的味道，犹之菊花可以下火锅，不过究竟有些煞风景。北平崇孝寺的牡丹是有名的，据说也有所谓名士在那里吃油炸牡丹花瓣，饱尝异味。崂山的下清寺，有牡丹高与檐齐，可惜我几度游山不曾有一见的机会。

牡丹娇嫩，怕冷又怕热。东坡说："应笑春风木芍药，丰肌弱骨要人医。"我在故乡曾植牡丹一栏，天寒时以稻草束之，一任冰雪埋覆，来春启之施肥，使根干处通风，要灌水但是也要宜排水。届时花必盛开，似不需特别调护。在台湾亦曾参观过一次牡丹展，细小羸弱，全无妖妍之致，可能是时地不宜。

四、莲

《古乐府》："江南可采莲，莲叶何田田。"不只江南可采莲，凡是有水的地方，大概都可以有莲，除非是太寒冷的地方。"曲院风荷"是西湖十景之一。南京玄武湖里一片荷花，多少人在那里荡小舟，钻进去偷吃莲蓬。可是莲花在北方依然是常见的，济南的大明湖，北平的什刹海，都是暑日菡萏敷披风送荷香的胜地，而北海靠近金鳌玉𫟷一带的荷芰，在炎夏时候更是青年男女闹舡寻幽谈爱的好地方。

初来台湾，一日忽动乡思，想吃一碗荷叶粥，而荷叶不可得。市内公园池塘内有莲花，那是睡莲，非我所欲。后来看到植物园里有一相当大的荷塘，近边处的花和叶都已被人摧折殆尽。有一天作郊游，看见稻田中居然有一塘荷花，停身觅主人请购荷叶，主人不肯收资，举以相赠。回家煮粥，俟熟乘沸以荷叶盖在上面，少顷粥现淡绿色，有香气扑鼻。多余的荷叶弃之可惜，实以米粉肉，裹而蒸之，亦有情趣。其实这也是类似莼鲈之想，慰情聊胜于无而已。

小时家里种了好几大盆荷花。春水既泮，便从温室取出置阳光下，截除烂根细藕，换泥加水，施特殊肥料（车厂出售之修马掌、骡掌的角质碎片）。到了夏初，则荷叶突出，荷花挺现，不及池塘里的高大，但亦丰腴可喜。清晨露尚未晞，露珠在荷叶上滚来滚去。静看荷花展瓣，瓣上有细致的纹路，花心露出淡黄的花蕊和秀嫩的莲房，有说不出的一股纯洁之致。而微风过处，茎细而圆大的荷叶，微微摇晃，婀娜多姿，尤为动人。陈造《早夏》诗："凉荷高叶碧田田。"画家写风竹，枝叶披拂，令人如闻风飕飕声，但我尚未见有入画出饶有动态的风荷。

先君甚爱种荷。晨起辄裴回荷盆间，计数其当日开放之花朵，低吟曼唱，自得其乐。记得有一次折下一枝半开的红莲插入一只仿古蟹爪纹细长素白的胆瓶里，送到书房几上。塾师援笔在瓶上写了"出淤泥而不染，濯清涟而不妖"几个大字，犹如俗匠在白瓷茶壶上题"一片冰心"一般。"花如解语还多事"，何况是陈腐的题句？欲其雅，适得其反。

近闻有人提议定莲花为花莲的县花。这显然是效法美国人之所谓"州花"。广植莲花，未尝不好，锡以封号，似可不必。

五、辛夷

辛夷，属木兰科，名称很多，一名新雉，又名木笔，因其花未开时形如毛笔。又名侯桃，因其花苞如小桃，有茸毛。辛夷南北皆有之。王维辋川别墅中即有一处名辛夷坞，有诗为证："木末芙蓉花，山中发红萼。涧户寂无人，纷纷开且落。"北平颐和园的正殿之前有两棵辛夷,花开极盛,但我一向不曾在花时游览,仅于画谱中略识其面貌。蜀中花事夙盛,大街小巷辄有花户设摊贩花。二十八年①春,我在重庆,一日踱出中国旅行社招待所,于路隅花摊购得辛夷一大枝,花苞累累有百数十朵,有如权枝繁多之蜡烛台,向逆旅主人乞得大花瓶一只,注满清水,插花入瓶,置于梳妆台上,台三面有镜,回光交映,一室生春。

辛夷有紫红、纯白两种,纯白者才是名副其实的木笔。而且真像是毛笔头,溜尖溜尖的一个个的笔直地矗立在枝上。细小者如小楷兔毫,稍大者如寸楷羊毫,更大者如小型羊毫抓笔。著花时不生叶,赭色枝头遍插白笔头,纯洁无疵,蔚为奇观。花开六瓣,瓣厚而实,晨展而夕收,插瓶六七日始谢尽。北碚后山公园有辛夷数十本,高约二丈,红白相间,非常绚烂,我于偕友登小丘时无意中发现之。其处鲜有人去观赏,花开花谢,狼藉委地,没有人管。

美国西雅图市,家家户前芳草如茵,莳花种树,一若争奇斗艳。于篱落间偶然亦可见有辛夷杂于其内。率皆修剪其枝干不令过高。我的寄寓之所,院内也有一棵,而且是不落叶的那

---

① 指一九三九年。

一种，一年四季都有绿叶，花开时也有绿叶扶持。比较难于培植，但是花香特别浓郁。有一次我发现一只肥肥大大的蜜蜂卧在花心旁边，近视之则早已僵死。杜工部句："不是爱花即欲死，只恐花尽老相催。"这只蜜蜂莫非是爱花即欲死？

来到台湾，我尚未见过辛夷。

六、水仙

岁朝清供，少不得水仙。记得小时候，一到新春，家人就把大大小小的瓷钵搬了出来，连同里面盛着的小圆石子一起洗刷干净，然后一钵钵地把水仙的鳞茎栽植其中，用石子稳定其根须，注以清水，置诸案头。那些小圆石子，色洁白，或椭圆，或略扁，或大或小，据说是产自南京的雨花台。多少年下来，雨花台的石子被人捡光了，所以家藏的几钵石子就很宝贵。好像比水仙还更被珍惜。为了点缀色彩，石子中间还洒上一些碎珊瑚，红白相间，别有情趣。

水仙一花六瓣，作白色，花心副瓣，作黄色，宛然盏样，故有"金盏银台"之称。它怕冷，它要阳光。我们把它放在窗内有阳光处去晒它，它很快地展瓣盛开。天天搬来搬去，天天换水，要小心地伺候它。它有袭人的幽香，它有淡雅的风致。

虽是多年生草本，但北地苦寒难以过冬，不数日花开花谢，只得委弃。盛产水仙之地在闽南，其地有专家培植修割，及春则运销各地供人欣赏。英国十七世纪诗人赫立克（Herrick）看了水仙（narcissus），辄有春光易老之叹。他说：

> 人生苦短，和你一样，
> 我们的春天一样地短；
> 很快地长成，面临死亡，
> 和你，和一切，没有两般。

> We have short time to stay, as you,
> We have as short a spring;
> As quick a growth to meet decay,
> As you, or anything.

西方的水仙，和我们的品种略异，形色完全一样，而花朵特大，唯香气则远逊。他们不在盆里供养，而是在湖边泽地任其一大片一大片地自由滋生。诗人华次渥兹有一首名诗《我孤独地飘荡像一朵云》，歌咏的就是水边瞥见成千成万朵的水仙花，迎风招展，引发诗人一片欢愉之情而不能自已，而他最大的快乐是日后寂寞之时回想当时情景益觉趣味无穷。我没有到过英国的湖区，但是我在美洲若干公园里看见过成片的水仙，仿佛可以领略到华次渥兹当年的感受。不过西方人喜欢看大片的花丛，我们的文人雅士则宁可一株、一枝、一花、一叶地细细观赏，山谷所云"坐对真成被花恼"，情调完全不同。（《离骚》中有"既滋兰之九畹兮，又树蕙之百亩"，我想是想象之词，不可能真有其事。）

在台湾，几乎家家户户有水仙点缀春景。植水仙之器皿，花样翻新，奇形怪状，似不如旧时瓷钵之古朴可爱，至于粗糙碎石块代替小圆石，那就更无足论了。

七、丁香

提起丁香，就想起杜甫一首小诗：

丁香体柔弱，乱结枝犹垫。
细叶带浮毛，疏花披素艳。
深栽小斋后，庶使幽人占。
晚堕兰麝中，休怀粉身念。

这是他的《江头五咏》之一，见到江畔丁香发此咏叹。时在宝应元年。诗中的"垫"字费解。仇注根据《说文》："垫，下也。凡物之下坠皆可云垫。"好像是说丁香枝弱，故此下坠。施鸿保《读杜诗说》:"下堕义,与犹字不合。今人常语衬垫,若训作衬,则谓子结枝上,犹衬垫也。"施说有见。末两句意义嫌晦,大概是说丁香可制为香料,与兰麝同一归宿,未可视为粉身碎骨之厄。仇注认为是寓意"身名隳于脱节",《杜臆》亦谓"公之咏物,俱有为而发,非就物赋物者。……丁香体虽柔弱,气却馨香,终与兰麝为偶,虽粉身甘之,此守死善道者",似皆失之迂。

丁香结就是丁香蕾,形如钉,长三四分,故云"丁香"。北地俗人以为"丁""钉"同音,出出入入地碰钉子,不吉利,所以正院堂前很少种丁香,只合"深栽小斋后"了。二十四年①春我在北平寓所两跨院里种了四棵紫丁香。"白菡萏香,紫丁香肥。"丁香要紫的。起初只有三四尺高。十年后重来旧居,四棵高大的丁香打成一片,一半翻过了墙垂到邻家,一半斜坠下来挡住了我从卧室走到书房的路。这跨院是我的小天地,除了一条铺砖的路和一个石几两个石墩之外,本来别无长物,如今三分之二的空间付与了丁香。春暖花开的时候招蜂引蝶,满院香气四溢,尽是嘤嘤嗡嗡之声。又隔三十年,现在丁香如果无恙,不知谁是赏花人了。

---

① 指一九三五年。

八、兰

兰花品种繁多。所谓洋兰（卡特丽亚），顾名思义是外国来的品种，尽管花朵大，色彩鲜艳，我总觉得我们应该视如外宾，不但不可亵玩，而且不耐长久观赏。我们看一朵花，还要顾及它在我们文化历史上的渊源，这样才能引起较深的情愫。看花要如遇故人，多少旧事一齐兜上心来。在台湾，洋兰却大行其道，花展中姹紫嫣红大半是洋兰的天下，态浓意远的丽人出入"贵宾室"中，衣襟上佩戴的也多半是洋兰。我喜欢品赏的是我们中国的兰。

我是北方人，小时不曾见过兰。只从《芥子园画谱》上学得东一撇西一撇地画成为一个凤眼，然后再加一笔破凤眼。稍长，友人从福建捧着一盆兰花到北平，不但真的是捧着，而且给兰花特制一个木条笼子，避免沿途磕碰。我这才真个地见到了兰，素心兰。这个名字就雅，令人想起陶诗的句子"闻多素心人，乐与数晨夕"。花心是素的，花瓣也是素的，素白之中微泛一点绿意。面对素心兰，不禁联想到"弱不好弄，长实素心"的高士。兰的香味不是馥郁，是若有若无的缕缕幽香。讲到品格，兰的地位极高。我们常说"桂馥兰薰"，其实桂香太甜太浓，尚不能与兰相比。

来到台湾，我大开眼界。友人中颇有几位善于艺兰，所以我的窗前几上，有时候叨光也居然兰蕊驰馨。尝有客款扉，足尚未入户，就大叫起来："君家有素心兰耶？"这位朋友也是素心人，我后来给他送去一盆素心兰。我所有的几盆兰，不数年分植为数十盆，乃于后院墙角搭起一丈见方的小棚，用疏隔的竹篾遮覆以避骄阳直晒，竹篾上面加铺玻璃以防淫雨，因此还招致了"违章建筑"的罪名，几乎被报请拆除。竹篾上的玻璃引起了墙外行人的注意，不久就有半大不小的各色人物用砖石投掷，大概是因为玻璃破碎之声清脆悦耳之故。小棚因此没有能持久，跟着我的数十盆兰花也渐渐地支离破碎了。和我望衡对宇的是胡伟克先生，我发现他家里廊上、阶前、墙头、树下，到处都是兰花，大部分是洋兰，素心兰也有，而且他有一间宽大的温室，里面也堆满了兰花。胡先生有一只工作台子，上面放着显微镜，他用科学方法为兰花品种做新的交配，使兰花长得更肥，色泽更为鲜艳多姿。他的兰花在千盆以上。我听他的夫人抱怨："为了这些劳什子，我的手指都磨粗了。"我经常看见一车一车的盛开的兰花从他门前运走。他的家不仅是芝兰之室，真是芝兰工厂。

兰本来是来自山间，有苔藓覆根，雨露滋润，不需要什么肥料。移在盆里，它所需要的也只是适量的空气和水，盆里不可用普通的泥土，最好是用木炭、烧过的黏土、缸瓦碎片三种的混合物，取其通空气而易排水。也有人主张用砂、桂圆树皮、蛇木屑、木炭、碎石子混拌，然后每隔三个月用（NH_4）$_2$$SO_4$+KCL液羼水喷洒一次。叶子上生虫也需勤加拂拭。总之，兰来自幽谷，在案头供养是不大自然的，要小心伺候了。

九、菊

花事至菊而尽，故曰蘜，蘜是菊之本字。蘜者，尽也。"兰有秀兮菊有芳，怀佳人兮不能忘。"这是汉武帝看着时光流转，自春徂秋，由花事如锦到花事阑珊，借着秋风而发的歌咏。菊和九月的关系密切，故九月被称为菊月，或称为菊秋，重阳日或径称为菊节。是日也，饮菊花茶，设菊花宴，还可以准备睡菊花枕，百病不生，平凤饮菊潭水，可以长生到一百多岁。没有一种比菊花和人的关系打得更火热。

自从陶渊明"采菊东篱下"之后，菊就代表一种清高的风格，生长在篱笆旁边，自然也就带着几分野趣。吕东莱的句子"短篱残菊一枝黄，正是乱山深处过重阳"，是很好的写照。经人工加意培养，菊好像是变了质。宋《乾淳岁时记》："禁中例，于八日作重九，排当于庆瑞殿，分列万菊，灿然眩眼，且点菊花灯，略如元夕。"这是在殿堂之上开菊展，当然又是一种情况。

菊是多年生草本，摘下幼枝插在土里就活。曩昔在北平家园中，一年之内曾繁殖数十盆，竟以秽恶之粪土培养之，深觉戚戚然于心未安。幼苗长大之后，枝弱不能挺立，则树细竹竿或秸秫以为支撑，并标以红纸签，写上"绿云""紫玉""蟹爪""小白梨"……奇奇怪怪的名称。一盆一盆地放在"兔儿爷摊子"上（一排比一排高的梯形架），看上去一片花朵，闹则闹矣，但是哪能令人想到一丝一毫的"元亮遗风"？

台湾艺菊之风很盛，但是似乎不取其清瘦，而爱其痴肥。每一盆菊都修剪成独花孤挺，叶子的正面反面经常喷药，讲究从根到顶每片叶子都是肥大绿光，顶上的一朵花盛开时直像是特大的馒头一个，胖胖大大的，需要铁丝做盘撑托着它。千篇一律，朵朵如此，当然是很富态相。"帘卷西风，人比黄花瘦"，那时的黄花，一定不像如今的这样肥。

十、玫瑰

玫瑰，属蔷薇科。唐朝有一位徐夤，作过一首咏玫瑰的诗：

> 芳菲移自越王台，最似蔷薇好并栽。
> 秾艳尽怜胜彩绘，嘉名谁赠作玫瑰？

> 春成锦绣风吹折,天染琼瑶日照开。
> 为报朱衣早邀客,莫教零落委苍苔。

诗不见佳,但是让我们知道在唐朝玫瑰即已成了吟咏的对象。《群芳谱》说:"花亦类蔷薇,色淡紫,青萼黄蕊,瓣末白,娇艳芬馥,有香有色,堪入茶、入酒、入蜜。"这玫瑰,是我们固有品种的玫瑰,花朵小,红得发紫,香味特浓。可以熏茶,可以调酒(玫瑰露),可以做蜜汁(玫瑰木樨)。娇小玲珑,惹人怜爱。玫瑰多刺,被人视若蛇蝎,其实玫瑰何辜,它本不预备供人采摘。《三十客》列玫瑰为"刺客",也是冤枉的。

外国的蔷薇品种不一,亦统称为玫瑰。常见有高至五六尺以上者,俨然成一小树,花朵肥大,除了深绯浅红者外,还有黄色的,别有风致。也有蔓生的一种,沿着篱笆墙壁伸展,可达一二丈外。白色的尤为盛旺。我有朋友蛰居台中,莳花自遣,曾贻我海外优良品种之玫瑰数本,我悉心培护,施以舶来之"玫瑰食粮",果然绰约妩媚不同凡响,不过气候土壤皆不相宜,越年逐渐凋萎。园林有玫瑰专家,我曾专诚探访,畦圃广阔,洋洋大观,唯几乎全是外来品种,绚烂有余,韵味不足。求其能入茶、入酒、入蜜者,竟不可得,乃废然返。

手杖[1]

古希腊底比斯有一个女首狮身的怪物，拦阻过路行人说谜语，猜不出的便要被吃掉，谜语是："什么东西走路用四条腿，用两条腿，用三条腿，走路时腿越多越软弱？"古希腊的人好像是都不善猜谜，要等到埃迪帕斯[2]才揭开谜底，使得那怪物自杀而死。谜底是"人"。婴儿满地爬，用四条腿，长大成人两腿竖立，等到年老杖而能行，岂不是三条腿了吗？一根杖是老年人的标记。

杖这种东西，我们古已有之。《礼记·王制》："五十杖于家，六十杖于乡，七十杖于国，八十杖于朝，九十者，天子欲有问焉，则就其室，以珍从。"古人五十始衰，所以到了五十才可以用杖，未五十者不得执也。我看见过不止一位老

---

[1] 选自梁实秋著，《梁实秋散文集·第1卷》，长春：时代文艺出版社，2015年3月。
[2] 今译俄狄浦斯。

者，经常佝偻着身子，鞠躬如也，真像一个疑问符号（？）的样子，若不是手里拄着一根杖，必定会失去重心。

杖所以扶衰弱，但是也成了风雅的一种装饰品，"孔子蚤作，负手曳杖，逍遥于门"，《礼记·檀弓》明明有此记载，手负在背后，杖拖在地上，显然这杖没有发生扶衰济弱的作用，但是把逍遥的神情烘托得跃然纸上。我们中国的山水画可以空山不见人，如果有人，多半也是扶着一根拐杖的老者，或是彳亍①道上，或是伫立看山，若没有那一根杖便无法形容其老，人不老，山水都要减色。杜甫诗："年过半百不称意，明日看云还杖藜"，这位杜陵野老满腹牢骚，准备明天上山看云的时候也没有忘记带一根藜杖。豁达恣放的阮修就更不必说，他把钱挂在杖头上到酒店去酣饮，那杖的用途更是推而广之的了。

从前的杖，无分中外，都是一人来高。我们中国的所谓"拐杖"，杖首如羊角，所以亦称丫杖，手扶的时候只能握在杖的中上部分。就是乞食僧所用"振时作锡锡声"的所谓"锡杖"也是如此。从前欧洲人到耶路撒冷去拜谒圣地的香客，少不得一顶海扇壳帽、一根拐杖，那杖也是很长的。我们现在所

---

① 音同赤处，意为慢步行走、徘徊。

见的手杖，短短一橛，走起路来可以夹在腋下，可以在半空中画圆圈，可以嘀嘀嘟嘟地点地作响，也可以把杖的弯颈挂在臂上，这乃是近代西洋产品，初入中土的时候，无以名之，名之为"斯提克"。斯提克并不及拐杖之雅，不过西装革履也只好配以斯提克。

杖以竹制为上品，戴凯之《竹谱》云："竹之堪杖，莫尚于筇，磥砢不凡，状若人功。"筇杖不必一定要是四川出品，凡是坚实直挺而色泽滑润者，皆是上选。陶渊明《归去来辞》所谓"策扶老以流憩"，"扶老"即是筇杖的别称。筇杖妙在微有弹性，扶上去颤巍巍的，好像是扶在小丫鬟的肩膀上。重量轻当然也是优点。葛藤做杖亦佳，也是基于同样的理由。阿里山的桧木心所制杖，疙瘩噜苏的样子并不难看，只是拿在手里轻飘飘，碰在地上声音太脆。其他木制的、铁制的都难有令人满意的。而最恶劣的莫过于油漆贼亮，甚而至于嵌上螺钿，斑斓耀目。

我爱手杖。我才三十岁的时候，初到青岛，朋友们都是人手一杖，我亦见猎心喜。出门上下山坡，扶杖别有风趣，久之养成习惯，一起身便不能忘记手杖。行险路时要用它，打狗也要用它。一根手杖无论多么敝旧亦不忍轻易弃置，而且我也从不羡慕别人的手杖。如今，我已经过了杖乡之年，一杖一钵，正堪效法孔子之逍遥于门。武王《杖铭》曰："恶乎危于忿疐，恶乎失道于嗜欲，恶乎相忘于富贵！"我不需要这样的铭，我的杖上只沾有路上的尘土和草叶上的露珠。

辑三
游戏人间,无往不乐:
生活是很好玩的

白猫倏已五岁,我们缘分不浅,同时我亦不免兴起春光易老之感。多少诗人词人唤取春留驻,而春不肯留!我们只好「片时欢乐且相亲」,愿我的猫长久享受他的鱼餐锦被,吃饱了就睡,睡足了就吃。

胖[1]

  罗马的凯撒大帝,看见那面如削瓜的卡西乌斯,偷偷摸摸的、神头鬼脸的,逡巡而去,便太息说:"我愿在我面前盘旋的都是些胖子;头发梳得光光的,到夜晚睡得着觉的人,那个卡西乌斯有瘦削而恶狠的样子;他心眼儿太多了:这种人是危险的。"这是文学上有名的对于胖子的歌颂。和胖子在一起,好像是安全、软和和的,碰一下也不要紧;和瘦子在一起便有不同的感觉,看那瘦骨嶙峋的样子,好像是磕碰不得,如果碰上去,硬碰硬,彼此都不好受。凯撒大帝的性命与事业,到头来败于卡西乌斯之手,这几句话倒好像是有先见之明。

  胖子大部分脾气好,这其间并无因果关系。胖子之所以胖,一定是吃得饱睡得着之故。胖子一定好吃,不好吃如何能

---

[1] 选自梁实秋著,高旭东、宋庆宝编选,《梁实秋集》,广州:花城出版社,2008年4月。

"催肥"？胖子从来没有在床上辗转反侧的，纵然意欲胡思乱想也没有时间，头一着枕便鼾声大作了。所谓"心广体胖"，应该说，心广则万事不挂心头，则吃得饱，则睡得着，则体胖，同时脾气好。

胖子也有心眼窄的。我就认识一位胖子，很胖的胖子，人皆以"胖子"呼之，他虽不正式承认。但有时一呼即应，显然是默认的。"胖子"的称呼并不是侮辱的性质，多少带有一点亲热欢喜微加一点调侃的意味。我们对盲者不好称之为"瞎子"，对跛者不好称之为"瘸子"，对瘦者亦不好称之为"排骨"，唯独对胖子则不妨直截了当地称之为胖子，普通的胖子均不以为忤。有一天我和我的很胖的胖子朋友说："你的照片有商业价值，可以做广告用。"他说："给什么东西做广告呢？"我说："婴儿自己药片[①]。"他怫然色变，从此很少理我。

年事渐长的人，工作日繁，而运动愈少，于是身体上便开始囤积脂肪，而腹部自然地要渐渐呈锅形。腰带上的针孔便要嫌其不敷用。终日鼓腹而游，才一走动便气咻咻。然对于这

[①] 疑为"婴孩自己药片"之误。"婴孩自己药片"是二十世纪二十年代加拿大一药局研制的一种用于治疗婴幼儿疾病的药物，在报纸上登有广告，广告中有一婴儿坐像。

样的人我渐渐地抱有同情了。一个人随身永远携带着一二十斤板油，负担当然不小，天热时要融化，天冷时怕凝冻，实在很苦，若遇到饥荒的年头，当然是瘦子先饿死，胖子身上的脂肪可以发挥驼峰的作用慢慢地消受，不过正常的人也未必就有这种饥荒心理。

胖瘦与妍媸有关，尤其是女人们一到中年便要发福，最需要加以调理，或用饿饭法，尽量少吃；或用压缩法，用钢条橡皮制成的腰箍，加以坚韧的绳子细细地绷捆，仿佛做素火腿的方法，硬把浮膘压紧；有人满地打滚，翻筋斗，竖蜻蜓，虾米弯腰，鲤鱼打挺，企求减削一点体重。男人们比较放肆一些，传统的看法还以为胖不是毛病。《世说新语》记载的王羲之坦腹东床的故事，虽未说明王逸少的腹围尺码，我想凡是值得一坦的肚子大概不会太小，总不会是稀松干瘪的。

听说南部有报纸副刊记载我买皮带系腰的故事，颇劳一些友人以此见询。在台湾买皮带确是相当困难。我在原有皮带长度不敷应用的时候想再买一根颇不易得，不知道是否由于这地方太阳晒得太凶，体内水分挥发太快的缘故，本地的胖子似乎比较少见。我尚不够跻于胖子之林。但因为我向不会作诗，"饭颗山头逢杜甫"的情形是绝不会有的，而且周伯仁"清虚日来,滓秽日去"的功夫也还没有做到,所以竟为一根皮带而感到困惑,倒是确有其事。不过情势尚不能算为恶劣。像孚尔斯塔夫[①]那样,自从青春以后就没有看见过自己的脚趾,一跌倒就需要起重机,我一向是引为鉴戒的。

---

① 今译福斯塔夫,莎士比亚历史剧《亨利四世》中的人物角色。

说酒[①]

外国人喝酒,往往是站在酒柜旁边一杯一杯地往嗓子眼儿里灌,灌醉了之后是摇摇晃晃地吵架打人,以至于和女人歪缠。中国人喝酒比较文明些,虽然不一定要酒席下酒,至少也要一点花生米、豆腐干之类。从喝酒的态度上来说,中国人无疑的是开化在先。

越是原始的民族,越不能抵抗酒的引诱。大家知道,美洲的红人,他们认为酒是很神秘的东西,他们不惜用最珍贵的东西(以至于土地)来换取白人的酒吃。莎士比亚所写的《暴风雨》一剧中曾描写了一个半人半兽的怪物卡力班,他因为尝着了酒的滋味,以至于不惜做白人的奴隶,因为酒的确有令人神往的效力。文明多一点儿的民族,对于酒便能比较地有节制些。我们中国人吃酒之雍容悠闲的态度,是几千年陶炼出来的

---

① 选自梁实秋著,《雅舍谈吃》,武汉:武汉出版社,2013年8月。

结果。

　　一个人能吃多少酒，是不得勉强的，所以酒为"天禄"。不过喝酒的"量"和"胆"是两件事。有胆大于量的，也有量大于胆的。酒胆大的人不是不知道酒醉的苦处，是明知其苦而有不能不放胆大喝的理由在，那理由也许是脆弱得很，但是由他自己看必是严重得不得了。对于大胆喝酒的人，我们应该寄予他们同情。假如一个人月下独酌，罄茅台一瓶，颓然而卧，这个人的心里不是平静的，我们可以断言。他或是忧时愤世，或是怀旧思乡，或是情场失意，或是身世飘零，总之，必有难言之隐。他放胆吞酒，是想借了酒而逃避现实，这种态度虽然值得我们同情，但是不值得鼓励。

　　所谓酒量，那是因人而异的，有的人吃一两块糟熘鱼片而即醺醺然，有的人喝上三两斤花雕而面不改色。不过真正大酒量也不过是三四斤花雕或是一两瓶白兰地而已。常听见人说某人某人能吃多少酒，数量骇闻，这是靠不住的，这只能证明一件事，证明这个说话的人不会喝酒。只有不知酒味的人才会说张三能喝五斤白干，李四能喝两打啤酒。五斤白干，一下子喝下去，那也不是不可能，因为二两鸦片也曾有人一口吞下去。两打啤酒，一顿喝下去，其结果恐怕那个人嘴里要喷半天的白沫子吧。

酒喝过量，或哭或笑，或投江或上吊，或在床上翻筋斗，或关起门来打老婆，这都是私人的事，我们管不着。唯有在公共场所，如果想要维持自己原来有的那一点点的体面与身份，则不能不注意所谓"酒德"者。有酒德的人，不管他的胆如何，量如何，他能不因酒而令人增加对他的讨厌。我们中国人无论什么都喜欢配上四色、八色以至十色，现在谈起酒德我也可以列举八项缺德：

一是三杯下肚，使酒骂座，自讨没趣，举座不欢；
二是黏牙倒齿，话似车轮，话既无聊，状尤可厌；
三是高声叫嚣，张牙舞爪，扰乱治安，震人耳鼓；
四是借酒撒疯，举动儇薄，丑态百出，启人轻视；
五是酒后失常，借端动武，胜固无荣，败尤可耻；
六是呕吐酒食，狼藉满地，需人服侍，令人掩鼻；
七是……

我想不起来了，就算是六项吧。哪一项都要不得。善饮酒的人是得酒趣，而不缺酒德。以上我说的是关于喝酒的话，至于酒的本身，哪一种好，哪一种坏，那另有讲究，改日再续谈。

不亦快哉[①]

金圣叹作《三十三不亦快哉》，快人快语，读来亦觉快意。不过快意之事未必人人尽同，因为观点不同时势有异。就观察所及，试编列若干则如下。

其一，晨光熹微之际，人牵犬（或犬牵人），徐步红砖道上，呼吸新鲜空气，纵犬奔驰，任其在电线杆上或新栽树上便溺留念，或是在红砖上排出一摊狗屎以为点缀。庄子曰：道在屎溺。大道无所不在，不简秽贱，当然人犬亦应无所差别。人因散步而精神爽，犬因排泄而一身轻，而且可以保持自己家门以内之环境清洁，不亦快哉！

其一，烈日下彳亍道上，口燥舌干，忽见路边有卖甘蔗者，急忙买得两根，一手挥舞，一手持就口边，才咬一口即入

[①] 选自梁实秋著，《雅舍小品》，杭州：浙江文艺出版社，2020年8月。

佳境，随走随嚼，旁若无人，蔗滓随嚼随吐。人生贵适意，兼可为"你丢我捡"者制造工作机会，潇洒自如，不亦快哉！

其一，早起，穿着有条纹的睡衣裤，趿着凉鞋，抱红泥小火炉置街门外，手持破蒲扇，对着火炉徐徐扇之，俄而浓烟上腾，火星四射，直到天地缊，一片模糊。烟火中人，谁能不事炊爨？这是表示国泰民安，有米下锅，不亦快哉！

其一，天近黎明，牌局甫散，匆匆登车回府。车进巷口距家门尚有三五十码之处，任司机狂按喇叭，其声呜呜然，一声比一声近，一声比一声急，门房里有人竖着耳朵等候这听惯了的喇叭声已久，于是在车刚刚开到之际，两扇黑漆大铁门呀然而开，然后又訇的一声关闭。不费吹灰之力就使得街坊四邻矍然惊醒，翻个身再也不能入睡，只好瞪着大眼等待天明。轻而易举地执行了牝鸡司晨的事务，不亦快哉！

其一，放学回家，精神愉快，一路上和伙伴们打打闹闹，说说笑笑，尚不足以畅叙幽情，忽见左右住宅门前都装有电铃，铃虽设而常不响，岂不形同虚设？于是举臂舒腕，伸出食指，在每个钮上按戳一下。随后，就有人仓皇应门，有人倒屣而出，有人厉声叱问，有人伸颈探问而瞠目结舌。躲在暗处把这些现象尽收眼底，略施小技，无伤大雅，不亦快哉！

其一，隔着墙头看见人家院内有葡萄架，结实累累，虽然不及"草龙珠"那样圆，"马乳"那样长，"水晶"那样白，看着纵不流涎三尺，亦觉手痒。爬上墙头，用竹竿横扫之，狼藉满地，损人而不利己，索性呼朋引类乘昏夜越墙而入，放心大胆，各尽所能，各取所需，饱餐一顿。松鼠偷葡萄，何须问主人，不亦快哉！

其一，通衢大道，十字路口，不许人行。行人必须上天桥，下地道，岂有此理！豪杰之士不理会这一套，直入虎口，左躲右闪，居然波罗蜜多达彼岸，回头一看天桥上黑压压的人群犹在蠕动，路边的警察戟指大骂，暴躁如雷，而无可奈我何。这时节颔首示意，报以微笑，扬长而去，不亦快哉！

其一，宋周紫芝《竹坡诗话》："……有一人，极廉介，一日有家问，即令灭官烛，取私烛阅书，阅毕，命秉官烛如初。"做官的人迂腐若是，岂不可嗤！衙门机关皆有公用之信纸信封，任人领用，便中抓起一叠塞入公事包里，带回家去，可供写私信、发请柬、寄谢帖之用，顺手牵羊，取不伤廉，不亦快哉！

其一，逛书肆，看书展，琳琅满目，真是到了娜嬛①福地。趁人潮拥挤看守者穷于肆应之际，纳书入怀，携归细赏，虽蒙贼名，不失为雅，不亦快哉！

其一，电话铃响，错误常居什之二三，且常于高枕而眠之时发生，而其人声势汹汹，了无歉意，可恼可恼。在临睡之前或任何不欲遭受干扰的时间，把电话机翻转过来，打开底部，略做手脚，使铃变得喑哑。如是则电话可以随时打出去，而外面无法随时打进来，主动操之于我，不亦快哉！

其一，生儿育女，成凤成龙，由大学卒业，而漂洋过海，而学业有成，而落户定居，而缔结良缘。从此螽斯衍庆②，大事已毕，允宜在报端大刊广告，红色套印，敬告诸亲友，兼令天下人闻知，光耀门楣，不亦快哉！

---

① 神话中天帝藏书的地方。
② 旧时用于祝福对方子孙众多，后多作称颂之语。螽斯，昆虫名，产卵极多；衍，延续；庆，喜庆。出自《诗经·周南·螽斯》："螽斯羽，诜诜兮。宜尔子孙，振振兮。"

白猫王子五岁[①]

五年前的一个夜晚,菁清从门外檐下抱进一只小白猫,时蒙雨凄其,春寒尚厉。猫进到屋里,仓皇四顾,我们先飨以一盘牛奶,他舔而食之。我们揩干了他身上的雨水,他便呼呼地倒头大睡。此后他渐渐肥胖起来,菁清又不时把他刷洗得白白净净,戏称之为"白猫王子"。

他究竟生在哪一天,没人知道,我们姑且以他来我家的那一天定为他的生日(三月三十日),今天他五岁整,普通猫的寿命据说是十五六岁,人的寿命则七十就是古稀之年了,现在大概平均七十。所以猫的一岁在比例上可折合人的五岁。白猫王子五岁相当于人的二十五岁,正是青春旺盛的时候。

凡是我们所喜欢的对象,我们总会觉得他美。白猫王子并不一定是怎样的美丰姿,可是他眉清目秀,蓝眼睛、红鼻头、

[①] 选自梁实秋著,《雅舍小品》,北京:作家出版社,2019年1月。

须眉修长，而又有一副楚楚可怜的样子。腰臀一部分特别硕大，和头部不成比例，腹部垂腴，走起来摇摇摆摆，有人认为其状不雅，我们不以为嫌。去年七月二十日报载，"二十四日在美国佛罗里达州巴马布耳所举行的一九八一年'全美迷人小猫竞赛'中，一只名叫邦妮贝尔的小猫得了首奖。可是他虽然顶着后冠，却不见得很高兴。"高兴的不是猫，是猫的主人。我们不会教白猫王子参加任何竞赛，他已经有了"王子"的封号，还急着需要什么皇冠？他就是我们的邦妮贝尔。

刘克庄有一首《诘猫诗》，有句云："饭有溪鱼眠有毯，忍教鼠啮案头书？"

我们从来没有要求过猫做什么事。他吃的不只是溪鱼，睡的也不只是毛毯，我们的住处没有鼠，他无用武之地，顶多偶然见了蟑螂而惊叫追逐，菁清说这是他对我们的服务。我们吃饭的时候他常蹲在餐桌上，虎视眈眈，但是他不伸爪，顶多走近盘边闻闻。喂他几块鱼虾鸡鸭之类，他浅尝辄止。他从不偷嘴。他吃饱了，抹抹脸就睡，弯着腰睡，趴着睡，仰着睡，有时候爬到我们床上枕着我们的臂腿睡。他有二十六七磅重，压得人腿脚酸麻。我们外出，先把他安顿好，鱼一钵，水一盂，有时候给他盖一床被，或是搭一个篷。等我们回来，门锁一响，他已窜到门口相迎。这样，他便已给了我们很大的满足。

"花如解语还多事，石不能言最可人。"猫相当地解语，我们喊他一声："猫咪！""胖胖！"他就喵的一声。我耳聋，听不见他那细声细气的一声喵，但是我看见他一张嘴，腹部一起落，知道他是回答我们的招呼。他不会说话，但是菁清好像略通猫语，她能辨出猫的几种不同的鸣声。例如：他饿了，他要人给他开门，他要人给他打扫卫生设备，他因寂寞而感到烦躁，都有不同的声音发出来。无论有什么体己话，说给他听，或是被他听见，他能珍藏秘密不泄露出去。不过若是以恶声叱责它，他是有反应的，他不回嘴，他转过身去趴下，做无奈状。

有人不喜欢猫。我的一位朋友远道来访，先打电话来说："听说府上有猫，请先把它藏起来，我怕猫。"真的，有人一见了猫就会昏倒。有人见了老鼠也会昏倒，何况猫？据《民生报》一九八二年四月二十三日一篇文章报道，法国国王亨利三世一见到猫就会昏倒。法国国王查理九世时的大诗人龙沙有这样的诗句：

当今世上
谁也没我那么厌恶猫
我厌恶猫的眼睛、脑袋，还有凝视的模样
一看见猫，我掉头就跑

人之好恶本不相同。我不否认猫有一些短处，诸如倔强、自尊、自私、缺乏忠诚，等等。不过，猫，和人一样，总不免有一点脾气，一点自私，不必计较了。家里有装潢、有陈设、有家具、有花草，再有一只与虎同科的小动物点缀其间来接受你的爱抚，不是很好吗？

菁清对于苦难中小动物的怜悯心是无止境的，同时又觉得白猫王子太孤单，于是去年又抱进来一个小黑猫。这个"黑猫公主"性格不同、活泼善斗、体态轻盈、白须黄眼，像是平剧①中的"开口跳"。两只猫在一起就要斗，追逐无已时。不得已我们把黑猫关在笼子里，或是关在一间屋里，实行黑白隔离政策。可是黑猫隔着笼子还要伸出爪子撩惹白猫，白猫也常从门缝去逗黑猫。相见争如不见，无情还似有情。我想有一天我们会逐渐解除这个隔离政策的。

白猫倏已五岁，我们缘分不浅，同时我亦不免兴起春光易老之感。多少诗人词人唤取春留驻，而春不肯留！我们只好"片时欢乐且相亲"，愿我的猫长久享受他的鱼餐锦被，吃饱了就睡，睡足了就吃。

---

① 指京剧。京剧，又称平剧、京戏等。

狗[1]

我初到重庆，住在一间湫隘的小室里，窗外还有三两棵肥硕的芭蕉，屋里益发显得阴森森的，每逢夜雨，凄惨欲绝。但凄凉中毕竟有些诗意，旅中得此，尚复何求？我所最感苦恼的乃是房门外的那一只狗。

我的房门外是一间穿堂，亦即房东一家老小用膳之地，餐桌底下永远卧着一条脑满肠肥的大狗。主人从来没有扫过地，每餐的残羹剩饭，骨屑稀粥，以及小儿便溺，全部在地上星罗棋布着，由那只大狗来舐得一干二净。如果有生人走进，狗便不免有所误会，以为是要和它争食，于是声色俱厉地猛扑过去。在这一家里，狗完全担负了"洒扫应对"的责任。

"君子有三畏"，狴犬其一也。我知道性命并无危险，但

---

[1] 选自梁实秋著，《雅舍小品》，武汉：武汉出版社，2013年8月。

是每次出来进去总要经过它的防次①，言语不通，思想亦异，每次都要引起摩擦，酿成冲突，日久之后真觉厌烦之至。其间曾经谋求种种对策，一度投以饵饼，期收绥靖之效，不料饵饼尚未啖完，乘我返身开锁之际，无警告地向我的腿部偷袭过来；又一度改取"进攻乃最好的防御"的方法，转取主动，见头打头，见尾打尾，虽无挫衄，然积小胜终不能成大胜，且转战之余，血脉偾张，亦大失体统。因此外出即忺回家，回到房里又不敢多饮茶。不过使我最难堪的还不是狗，而是它的主人的态度。

狗从桌底下向我扑过来的时候，如果主人在场，我心里是存着一种奢望的，我觉得狗虽然也是高等动物，脊椎动物哺乳类，然而，究竟，至少在外形上，主人和我是属于较近似的一类，我希望他给我一些援助或同情。但是我错了，主客异势，亲疏有别，主人和狗站在同一立场。我并不是说主人也帮着狗猎猎然来对付我，他们尚不至于这样的合群。我是说主人对我并不解救，看着我的狼狈而哄然噱笑，泛起一种得意之色，面带笑容对狗嗔骂几声："小花！你昏了？连×先生你都不认识了！"骂的是狗，用的是让我所能听懂的语言。那弦外之音是："我已尽了管束之责了，你如果被狗吃掉莫要怪我。"然

---

① 意为防地。

后他就像是罗马剧场里看基督徒被猛兽扑食似的作壁上观。俗语说"打狗看主人",我觉得不看主人还好,看了主人我倒要狠狠地再打狗几棍。

后来我疏散下乡,遂脱离了这恶犬之家,听说继续住那间房的是一位军人,他也遭遇了狗的同样的待遇,也遭遇了狗的主人的同样的待遇,但是他比我有办法,他拔出枪来把狗当场格毙了。我于称快之余,想起那位主人的悲怆,又不能不付予同情了。特别是,残茶剩饭丢在地下无人舐,主人势必躬亲洒扫,其凄凉是可想而知的。

在乡下不是没有犬厄。没有背景的野犬是容易对付的,除了菜花黄时的疯犬不计外,普通的野犬都是那些不修边幅的夹尾巴的可怜东西,就是汪汪地叫起来也是有气无力的,不像人家豢养的狗那样振振有词自成系统。有些人家在门口挂着牌示"内有恶犬",我觉得这比门里埋伏恶犬的人家要忠厚得多。我遇见过埋伏,往往猝不及防,惊惶大呼,主人闻声搴帘而出,嫣然而笑,肃客入座。从容相告狗在最近咬伤了多少人。这是一种有效的安慰,因为我之未及于难是比较可庆幸的事了。但是我终不明白,他为什么不索性养一只虎?来一个吃一个,来两个吃一双,岂不是更为体面吗?

这道理我终于明白了。雅舍无围墙,而盗风炽,于是添置了一只狗。一日邮差贸贸然来,狗大声咆哮,邮差且战且走,蹒跚而逸,主人抚掌大笑。我顿有所悟。别人的狼狈永远是一件可笑的事,被狗所困的人是和踏在香蕉皮上面跌跤的人同样的可笑。养狗的目的就是要它咬人,至少做吃人状。这就是等于养鸡是为要它生蛋一样。假如一只狗像一只猫一样,整天晒太阳睡觉,客人来便咪咪叫两声,然后逡巡而去,我想不但主人要惭愧,客人也要惊讶。所以狗咬客人,在主人方面认为狗是克尽厥职,表面上尽管对客抱歉,内心里是有一种愉快,觉得我的这只狗并非是挂名差事,它守在岗位上发挥了作用。所以对狗一面苛责,一面也还要嘉勉。因此脸上才泛出那一层得意之色。还有衣裳楚楚的人,狗是不大咬的,这在主人也不能不有"先护我心"之感。所可遗憾者,有些主人并不以衣裳取人,亦并不以衣裳废人,而这种道理无法通知门上,有时不免要慢待佳宾,不过就大体论,狗的眼力总是和它的主人差不了多少。所以,有这样多的人家都养狗。

头发[①]

周口店的北京人,据考古学家所描绘,无分男女,都是长发鬅松,披到肩上,看上去也没有什么不好看,想来头毛太长的时候可能动作不大方便而已。不知道过了多少年,人才懂得把过长的头发挽起来,做个结,插一根簪,扣上一顶方巾,或是梳成一个髻。于是只有夷狄之人才披发左衽,只有佯狂的人才披发为奴,只有愤世的人才披发行吟,只有隐遁的人才披发入山。文明社会里一般正常的人好像都不披散着头发。

按照身体肤发受之父母不敢毁伤的说法,头发是不可以剪断的。夷狄之人固然是披发文身,可是《左传·哀十一》谓:"吴发短。"《谷梁传·哀十三》谓:"吴,夷狄之国也,祝发文身。"祝发就是断发使短。自文明人观之,头发长了披散着固然不是,断发使短也不是。都不合乎标准。可见发式自古

[①] 选自梁实秋著,《槐园梦忆》,海口:海南出版社,1994年5月。

就是一件麻烦事，容易令人看着不顺眼。

把头发完全剃光，像秃鹫一般，在古时是一种刑法。《汉旧仪》："秦制，凡有罪，男髡钳为城旦。"意为男子犯罪，就剃光头，颈上束一铁圈，罚做奴工。髡是罪刑，所以《易林》说："刺、刖、髡、劓，人所贱弃。"自隋唐以后就没有这种刑法了，可是听说"红卫兵"对于所谓"成分"不佳的无辜之人也曾强行游街示众，并勒令剃"鸳鸯头"，即剃掉头发的一半，怪模怪样，当然比全剃光更丑。

头发整理得美观，给人良好的印象。《诗·齐风·卢令》："其人美且鬈。"鬈，发好貌。但是不一定指头发弯弯曲曲作波浪形，而且也不一定专指头发，可能是美观的头发代表一般的美观的形相而已。妇女的发髻花样百出，自古已然。《汉书①·马廖传》："城中好高髻，四方高一尺。"我们可以想象一尺的高髻，那巍峨的样子也许不下于满清旗妇的"两把头"。《汉武帝内传》："上元夫人头作三角髻，余发散垂至腰。"上元夫人乃是一位女仙，曾与西王母数度共宴，统领十方玉女，她的发式恐怕不是人间所有。头顶三角髻，垂发及腰，那样子岂不要吓煞人！曹植《洛神赋》形容他心目中的

---

① 此处为作者误记，应为"后汉书"。

美人说"云髻峨峨，修眉联娟"，云髻是把头发卷起盘旋如云，高高的堆在头顶上。杜工部想念他的夫人也说"香雾云鬟湿"，云鬟就是云髻。刘禹锡句"高髻云鬟宫样妆"，杨万里句"宫样高梳西子鬟"，云鬟本是贵妇的发式，但是也流行在民间了。到了后来，发髻好像是不再堆在头顶上，而是围成一个圆巴巴贴在后脑勺上。晚清的什么"苏州撅""喜鹊尾""搭拉酥"，都是中下级流行的脑后发式，头梳得不好，常被讥为"牛屎堆"。

满洲人剃头，不是剃光头，而是周围剃光，留着头顶上的长发织成长辫子垂在背后，形成外国人所取笑的猪尾巴。满人入关强令汉人剃发，于是才有"有头皆可剃，无剃不成头，世间剃头者，人亦剃其头"谜样的谚语发生。北平的剃头挑子，挑子上有个旗杆似的东西，谁都知道那原来是为挂人头的！拒绝剃发就要人头挂高竿！太平天国的群众之所以成了"长毛贼"是一种反抗。辛亥前后之剪辫子的风尚也是一种反抗。可是辫子留了好几百年，还有人舍不得剪，还有人在剪的时候流了泪呢。

僧尼落发是出家的标识。《大智度论》："剃头着染衣，持钵乞食，此是破憍慢法。"为破憍慢而至于剃光头（胡须也在内），也可说是表示大决心，与外道有别，与世人无争，斩断三千烦恼丝，以求内心清净。不是出家的人，也有剃光头的，不拘大人孩子，都剃成一个葫芦头，据说"不长虱子不长疮"。戏剧演员也偶有剃光头的，有人说是有"性感"，真不知从何说起。

晚近因为头发而引人议论的约有二事，一是中学女生之被勒令剪短头发，一是成年男子之流行蓄留长发。

从前女生的发式没有问题。我记得很多女生喜欢梳两条小辫子分垂左右，从小学起一直维持到进大学之后。好像进了中学之后大部分就把两条辫子盘成两个圆巴巴贴在脑后匀，有的且在额前遮着刘海，以增妩媚。等到进了大学，保守者脑袋后面挽个纠，时髦者剪短烫鬈。说老实话，如今之"清汤挂面"式的头发实在很丑，我想大概是脱胎于当年女子剪发后流行一时的所谓"鸭屁股式"（boyish bob）。大概是某些人偏爱这种发式，一朝权在手，便通令女生头发不准长过耳根。也许是肇因于对"统一"的热狂，想把芸芸学子都造成一个模式，整齐划一，于是从发式上着手，一眼望过去，每个女生顶着一把清汤挂面，脖梗子露出一块青青的西瓜皮。这种管制能收实效多久，只看女生一出中学校门立即烫发这一件事便可知晓了。

成年男人蓄长发，有时还到女子美容院去烫发，这是国外传布的一阵歪风,许是由英国的"披头四"或美国的"嬉痞"闹起来的,几乎风靡了全世界。这种发式使得男女莫辨,有时令人很窘。我最初在美国看到中国餐馆侍者一个个的长发及领,随后又看到我们的领事先生也打扮成那个模样。一霎间国内青年十之八九都变成长发贼了。令人难解的是一身渍泥儿的各行各业的工人也蓄起长发了。尤其是所谓不良少年和作奸犯科的道上人物也几乎没有一个不是长毛儿。我看见一位青年从女子美容院出来,头发烫成了强力爆炸型,若说是首如飞蓬,还不足以形容其伟大,幸亏是在光天化日之下出现,否则会吓煞人。

牙签[1]

　　施耐庵《水浒》序有"进盘飧，嚼杨木"一语，所谓"嚼杨木"就是饭后用牙签剔牙的意思。晋高僧法显求法西域，著《佛国记》，有云："沙祇国南门道东佛在此嚼杨枝，刺土中即生……"这个"嚼"字当作"削"解。"嚼杨木"当然不是把一根杨木放在嘴里咀嚼。饭后嚼一块槟榔还可以，谁也不会吃饱了之后嚼木头。"嚼杨木"是借用"嚼杨枝"语，谓取一根牙签剔牙。杨枝净齿是西域风俗，所以中文里也借用佛书上的名词。《隋书·真腊传》："每旦澡洗，以杨枝净齿，读诵经咒。又澡洒，乃食，食罢，还用杨枝净齿，又读经咒。"可见他们的规矩在念经前和食后都要杨枝净齿。

　　为了好奇，翻阅赛珍珠女士译的《水浒传》，她的这一句的译文甚为奇特："take food, chew a bit of this or that."

---

[1] 选自杨迅文主编，《梁实秋文集》编辑委员会编，《梁实秋文集·第3卷》，厦门：鹭江出版社，2002年10月。

我们若是把这句译文还原，便成了："进食，嚼一点这个又嚼一点那个。"衡以信、达、雅之义，显然不信。

牙缝里塞上一丝肉、一根刺，或任何残膏剩馥，我们都会自动地本能地思除之而后快。我不了解为什么这净齿的工具需要等到五世纪中由西域发明然后才得传入中土。我们发明了罗盘、火药、印刷术，没能发明用牙签剔牙！

西洋人使用牙签更是晚近的事。英国到了十六世纪末年还把牙签当作一件稀奇的东西，只有在海外游历过的花花大少才口里衔着一根牙签招摇过市，行人为之侧目。大概牙签是从意大利传入英国的，而追究根源，又是从亚洲传到意大利的，想来是贸易商人由威尼斯到近东以至远东把这净齿之具带到欧洲。莎士比亚的《无事自扰》有这样的句子："我愿从亚洲之最远的地带给你取一根牙签。"此外在其他三四出戏里也都提到牙签，认为那是"旅行家"的标记。以描述人物著名的散文家Overbury[1]，也是莎士比亚同时代的人，在他的一篇《旅行家》里也说："他的牙签乃是他的一项主要的特点。"可见三百年前西洋的平常人是不剔牙的。藏垢纳污到了饱和点之后也就不成问题。倒是饭后在齿颊之间横剔竖抉的人，显着矫揉造作，自命不凡！

---

[1] 奥弗伯里。

人自谦年长曰"马齿徒增",其实人不如马,人到了年纪便要齿牙摇落,至少也是齿牙之间发生罅隙,有如一把烂牌,不是一三五,就是二四六,中间仅是嵌张!这时节便需要牙签。有象牙质的,有银质的,有尖的,有扁的,还有带弯钩的,都中看不中用。普通的是竹质的,质坚而锐,易折,易伤牙龈。我个人经验中所使用过的牙签最理想的莫过于从前北平致美斋路西雅座所预备的那种牙签。北平饭馆的规矩,饭后照例有一碟槟榔豆蔻,外带牙签,这是由堂倌预备的,与柜上无涉。致美斋的牙签是特制的,其特点第一是长,约有自来水笔那样长,拿在手中可以摆出搦毛笔管的姿势,在口腔里到处探钻无远弗届;第二是质韧,是真正最好的杨柳枝做的,拐弯抹角的地方都可以照顾得到,有刚柔相济之妙。现在台湾也有一种白柳木的牙签,但嫌其不够长,头上不够尖。如今想起致美斋的牙签,尤其想起当初在致美斋做堂倌后来做了大掌柜的初仁义先生(他常常送一大包牙签给我),不胜惆怅!

有些事是人人都做的,但不可当着人的面前公然做之。这当然也是要看各国的风俗习惯。例如牙签的使用,其状不雅,咧着血盆大口,拧眉皱眼,剔之,抠之,攒之,抉之,使旁观的人不快。纵然手搭凉棚放在嘴边,仍是欲盖弥彰,减少不了多少丑态。至于已经剔牙竣事而仍然叼着一根牙签昂然迈步于大庭广众之间者,我们只能佩服他的天真。

衣裳[1]

莎士比亚有一句名言："衣裳常常显示人品。"又有一句："如果我们沉默不语，我们的衣裳与体态也会泄露我们过去的经历。"可是我不记得是谁了，他曾说过更彻底的话："我们平常以为英雄豪杰之士，其仪表堂堂确是与众不同，其实，那多半是衣裳装扮起来的，我们在画像中见到的华盛顿和拿破仑，固然是奕奕赫赫，但如果我们在澡堂里遇见二公，赤条条一丝不挂，我们会要有异样的感觉，会感觉得脱光了大家全是一样。"这话虽然有点玩世不恭，确有至理。

中国旧式士子出而问世必须具备四个条件：一团和气，两句歪诗，三斤黄酒，四季衣裳。可见衣裳是要紧的。我的一位朋友，人品很高，就是衣裳"普罗"一些，曾随着一伙人在上海最华贵的饭店里开了一个房间，后来走出饭店，便再也不得

---

[1] 选自梁实秋著，《雅舍小品》，北京：作家出版社，2019年1月。

进去，司阍的巡捕不准他进去，理由是此处不施舍。无论怎样解释也不得要领，结果是巡捕引他从后门进去，穿过厨房，到账房内去理论。这不能怪那巡捕，我们几曾看见过看家的狗咬过衣裳楚楚的客人？

衣裳穿得合适，煞费周章，所以内政部礼俗司虽然绘定了各种服装的式样，也并不曾推行，幸而没有推行！自从我们剪了小辫儿以来，衣裳就没有了体制，绝对自由，中西合璧的服装也不算违警，这时候若再推行"国装"，只是于错杂分歧之中更加重些纷扰罢了。

李鸿章出使外国的时候，袍褂顶戴，完全是"满大人"的服装。我虽无爱于满清章制，但对于他的不穿西装，确实是很佩服的。可是西装的势力毕竟太大了，到如今理发匠都是穿西装的居多。我忆起了二十年前我穿西装的一幕。那时候西装还是一件比较新奇的事物，总觉得是有点"机械化"，其构成必相当复杂。一班几十人要出洋，于是西装逼人而来。试穿之日，适值严冬，或缺皮带，或无领结，或衬衣未备，或外套未成，但零件虽然不齐，吉期不可延误，所以一阵骚动，胡乱穿起，有的宽衣博带如稻草人，有的细腰窄袖如马戏丑，大体是赤着身体穿一层薄薄的西装裤，冻得涕泗交流，双膝打战，那时的情景足当得起"沐猴而冠"四个字。当然后来技术渐渐精进，有的把裤脚管烫得笔直，视如第二生命，有的在衣袋里插一块和领结花色相同的手绢，俨然像是一个绅士，猛然一看，国籍都要发生问题。

西装是有一定的标准的。譬如，做裤子的材料要厚．可是我看见过有人在光天化日之下穿夏布西装裤，光线透穿，真是骇人！衣服的颜色要朴素沉重，可是我见过著名自诩讲究衣裳的男子们，他们穿的是色彩刺目的宽格大条的材料，颜色惊人的衬衣，如火如荼的领结，那样子只有在外国杂耍场的台上才偶然看得见！大概西装破烂，固然不雅，但若崭新而俗恶则更不可当。所谓洋场恶少，其气味最下。

中国的四季衣裳，恐怕要比西装更麻烦些。固然西装讲究起来也是不得了的。历史上著名的一例，詹姆斯第一的朋友白金翰爵士有衣服一千六百二十五套。普通人有十套八套的就算很好了。中装比较的花样要多些，虽然终年一两件长袍也能度日。中装有一件好处，舒适。中装像是变形虫，没有一定的形式，随着穿的人身体变。不像西装，肩膀上不用填麻布使你冒充宽肩膀，脖子上不用戴枷系索，裤子里面有的是"生存空间"；而且冷暖平匀，不像西装咽喉下面一块只是一层薄衬衣，容易着凉，裤子两边插手袋处却又厚至三层，特别郁热！中国长袍还有一点妙处，马彬和先生（英国人入我国籍）曾为文论之。他说这钟形长袍是没有差别的，平等的，一律地遮掩了贫富贤愚。马先生自己就是穿一件蓝长袍，他简直崇拜长袍。据他看，长袍不势利，没有阶级性，可是在中国，长袍同志也自成阶级，虽然四川有些抬轿的也穿长袍。中装固然比较随便，但亦不可太随便，例如脖子底下的纽扣，在西装可以不扣，长袍便非扣不可，否则便不合于"新生活"。再例如虽然在蚊虫甚多的地方，裤脚管亦不可放进袜筒里去，做绍兴师爷状。

男女服装之最大不同处，便是男装之遮盖身体无微不至，仅仅露出一张脸和两只手可以吸取日光紫外线，女装的趋势，则求遮盖愈少愈好。现在所谓旗袍，实际上只是大坎肩，因为两臂已经齐根划出。两腿尽管细直如竹筷，扭曲如松根，也往往一双双地摆在外面。袖不蔽肘，赤足裸腿，从前在某处都曾悬为厉禁，在某一种意义上，我们并不惋惜。还有一点可以指出，男子的衣服，经若干年的演化，已达到一个固定的阶段，式样色彩大概是千篇一律的了，某一种人一定穿某一种衣服，身体丑也好，美也好，总是要罩上那么一套。女子的衣裳则颇多个人的差异，仍保留大量的装饰的动机，其间大有自由创造的余地。既是创造，便有失败，也有成功。成功者便是把身体的优点表彰出来，把劣点遮盖起来；失败者便是把劣点显示出来，优点根本没有。我每次从街上走回来，就感觉得我们除了优生学外,还缺乏妇女服装杂志。不要以为妇女服装是琐细小事,法朗士说得好:"如果我死后还能在无数出版书籍当中有所选择,你想我将选什么呢?……在这未来的群籍之中我不想选小说,亦不选历史,历史若有兴味亦无非小说。我的朋友,我仅要选一本时装杂志,看我死后一世纪中妇女如何装束。妇女装束之能告诉我未来的人文,胜过于一切哲学家、小说家、预言家及学者。"

衣裳是文化中很灿烂的一部分。所以裸体运动除了在必要的时候之外(如洗澡等等),我总不大赞成。

我看电视[1]

有人问我看不看电视。

我说我看。不过我在扭接电视之前,先提醒我自己几件事。第一,电视公司不是我开的,所以我不能指挥他们播出什么样的节目。电视节目就好像是餐馆里的"定食"(唯一的一组合菜),吃不吃由你,你不能点菜。当然,有几个频道可供选择。可是内容通常都差不多,实在也没有什么选择。

第二,看电视的不止我一个人。看各处屋顶上挓挲[2]着的一排排鱼骨天线,即可知其观众如何的广大。其中有老有少,有男有女,有君子小人,有贤愚智不肖,他们的口味自然不大相同,而电视制作必须要在他们的不同口味之中找出"公分母",播映出来的节目要老少咸宜雅俗共赏。其结果可能是里

---

[1] 选自梁实秋著,《雅舍小品》,武汉:武汉出版社,2013年8月。
[2] 音同扎煞,意为张开、伸开。

外不讨好，有人嫌太雅，又有人嫌太俗。所以做节目的人，不但左右为难，而且上下交责，自己良心也往往忐忑不安，他们这份差事不容易当。

第三，电视是一种买卖生意。在商言商，当然要牟利。观众是买主，可是观众并未买票。天下焉有看白戏的道理？可是观众又是非要不可的，天下焉有不要观众的戏？于是电视另有生财之道，招登广告。电视广告费是以秒计的，离日进斗金的目标也许不会太远。广告商舍得花大钱登广告，又有他们的打算，利用广告心理招引观众买他们的货物。观众通常是不爱看广告的，尤其是插在节目中间的广告，不但扫兴，简直是讨厌。可是我们必须忍受，因为事实上是广告商招待我们看戏。

提醒自己上述几点之后就可以大模大样地看电视了。看电视当然也有一个架势。不远不近地有个座位，灯光要调整好，泡碗好茶，配上一些闲食零嘴。"TV餐"倒不必要，很少人为了贪看电视像英国十八世纪三明治伯爵因舍不得离开赌桌而吃三明治（TV餐不高明，远不及三明治）。美国的标准电视零食是爆玉米花或炸洋芋片。按我们中国人的口味，似乎金圣叹临刑所说"花生米与豆腐干同食大有胡桃滋味"确是不无道理。

看不多久，广告来了。你有没有香港脚，你是否患了感冒，你要不要滋补，你想不想像狼豹一般在田野飞驰？有些广告画面优美，也有些恶声恶相。广告时间就可以闭目养神，即使打个盹也没有多大损失。有时候真的呼呼大睡起来。平素失眠的人在电视前容易入睡。

看电视多半是为娱乐，杀时间。但是有时亦适得其反，恶心。哭哭啼啼的没完没结，动不动的就是眼泪直流，不是令人心酸，是令人反胃，更难堪的是笑剧穿插。很少喜剧演员能保持正常的人的面孔，不是焦眉皱眼，就龇牙咧嘴，再不就是佝腰缩颈，走起路来欹里歪斜，好像非如此不能引起大家的欢笑。当年文明戏盛行的时候，几乎所有丑角都犯一种毛病，无缘无故地就跌一跤，或是故作口吃，观众就会觉得好玩。如今时代进步，但是喜剧方面仍然特别地有才难之叹。

我事先提醒了自己，所以我感觉电视可以不必再观赏下去的时候，便轻轻地把它关掉。我不口出恶声，当然更不会有像传说中的砸烂荧幕的那样蠢事。好来好散，不伤和气。

光是挑剔而不赞美是不公道的，电视也给了我不少的快乐。我喜欢看新闻，百闻不如一见。例如报载某地火山爆发，就不如在电视上看那山崩地裂岩浆泛滥的奇景。火烧大楼、连环车祸，种种触目惊心的景象，都由电视送到目前。许多名流新贵，我耳闻其名而未曾识荆，无从拜见其尊容，在电视上便可以（而且是经常不断地）瞻仰他的相貌，多半是"天庭饱满，地阁方圆"。警察捕获的盗贼罪犯，自然又泰半①是獐头鼠目的角色，见识一下也好（不过很奇怪，其中也有眉清目秀方面大耳的）。美国俚语，称上电视人员所使用的提词牌为"低能牌"，我不知道我们的一些上电视的公务人员在接受访问或发表谈话的时候，是否也使用"低能牌"，按说在他职掌范围之内的材料应该是滚瓜烂熟的，不至于低能到非照本宣科不可。如果使用低能牌，便会露出低能相。

新闻过后便是所谓黄金时段。惭愧得很，这也正是我准备就寝的时候。不过真正好的连续剧，不是虚晃一招的花拳绣腿的武打，而是比较有一点深度的弘扬人性的戏，也可以使我牺牲一两小时的睡眠。即使里面有一点或很多说教的意味，我也能勉强忍耐。这样的好戏不常见。

我对于野兽生活的片子很感兴趣。野兽是我们人类的远亲，久不闻问了。他们这些支族繁殖不旺，有的且面临绝种。我逛动物园，每每想起我们"北京人"时代的环境与生活，真正地发思古之幽情。看电视所播的野兽生活，格外地惊心动

---

① 意为大半、大多。

魄。我并不向往非洲的大狩猎。于今之世我们不该再打猎了。地球面积够大，让它们也活下去吧。

我国的旧戏早就在走下坡路。我因为从小就爱看戏，至今不能忘情。种种不便，难得出去看一回戏，在电视上却有缘看到大约百出以上的戏，其中颇有几出是前所未见的。新编的戏我不太热心，我要看旧的戏，注意的是演员的唱与做。我发现了一位武生特别地功夫扎实气度不凡。我在楼上写作，菁清就会冲上楼来，拉起我就走，连呼："快，快，你喜欢的《挑滑车》上映了！"我只好搁下笔和她一同欣赏电视上的《挑滑车》。电视前看戏，当然不及在舞台前，然而也差强人意了。

电视开始那一年就有有关烹饪示范的节目，我也一直要看这个节目。我不是想学手艺，因为我在这方面没有才能和野心，可是我看主持人的刀法实在利落，割鸡去骨悉中肯綮，操作程序有条不紊，衷心不但佩服而且喜悦。可惜播放时间屡次更动，我常失误观赏的机会。

运动节目也煞是好看。足球（不是橄榄球）、篮球、棒球的重要比赛，尤其是国际性的，我不肯轻易放过。前几年少棒队驰誉国际，半夜三更起来观看电视现场播映的观众，其中有一个是我。

信用卡[①]

二十年前,一位从来足未出国门一步的朋友,移民到了美国,数年后回国游玩,见了亲友就从怀中取出一叠信用卡,不下七八张之多,向大家炫示。或问此物做何用途,答曰:"就凭这个东西,我身上不带一文钱,即可游遍天下。"话虽夸张,却也有几分近于实情。

信用卡就是商业机构发行的一种证明卡片,授权持有人凭卡到各特约商店用记账方式购买物品或服务。通常是按月结账,当然要加上一点儿服务费用。这样,买东西就很方便。一个主妇在超级市场买日用品,堆满一小车,到出口算账,出示信用卡即可不必开支票,更无须付现,而且通常还可取得十元现钞做零用,一起算在账内。我的这位朋友买飞机票回国,也是使用信用卡。

---

① 选自梁实秋著,《雅舍遗珠 修订本》,南京:江苏人民出版社,2020年6月。

用信用卡买东西等于是赊账，先享用后付钱。但是要负担服务费，等于付利息。而且有了信用卡，有些顾头不顾尾的人不免忘其所以地大事采购。等到月底结算，账单如雪片飞来，就发急得干瞪眼。"借钱如白捡，还钱认丧气。"把信用卡欠下的账还清，可能一个月的收入所余无几。下个月手头空空，依然可以用信用卡度日。欠欠还还，还还欠欠，一年到头过着"虱多不痒，债多不愁"的日子。这就是一般美国人的生活方式。如今这个制度也传到我们国内，不过推行尚不甚广。

在美国几乎人人有信用卡，而且不止一张。如果一个人没有信用卡，有时候就要遭遇困难。因为美国没有身份证，信用卡就可以证明身份。当初申请信用卡是经过一番相当严密的查证手续的，有无职业、固定薪给若干，以及种种相关事项都要查得一清二楚。所以信用卡表示一个人的信用，也表示他有偿债的能力。一个人在美国非欠债不可，不欠债即无从表示其有偿债的能力。信用卡比身份证还有用。

这和我们的国情不大相合。我们传统的想法是在交易之际一手交钱一手交货，银货两讫，清清楚楚。许多饮食店都贴着一张字条："小本经营，概不赊欠。"遇到白吃客硬要挂账，可能引起一场殴斗。可是稍大一点儿的餐馆，也有所谓签账之说，单凭签个字，就可抹抹嘴扬长而去。这些豪客大半都是有来历的人，不签字记账不足以显出威风。餐馆老板强作笑颜，心里不是滋味。

从前我们旧社会不是没有欠账的制度。例如在北平，从前户口没有大的流动，老的商店都拥有一批老主顾。到饭馆去吃饭，柜上打电话到酒庄："某某胡同的×二爷在我们这里，送两斤花雕来。"酒庄就知道×二爷平素爱喝的是多少钱一斤的酒，立刻就送了过去，钱记在×二爷的账上。欠账不是什么好事，唯独喝酒欠账，自古以来，就可以大言不惭地行之若素，杜工部不是说"酒债寻常行处有"，陆放翁不是也说"村酒可赊常痛饮"吗？

不要以为人穷志短才觍着脸去欠债。事实上越是长袖善舞的人越常欠债，而且债额大得惊人。俗语说"债台高筑"，形容人的负债之多。其实所谓"债台"并不是债务累积得像一座高台。"债台"乃是逃债之台。战国时，周赧王欠债甚多而无法清偿，而债主追索甚急，王乃逃往谡台以避债。谡台，亦作谵台，古代宫中之别馆。《汉书》有云"逃责之台"，责即是债。古时就有逃债之说，不过只是躲在宫中别馆里而已，远不及我们现代人的逃债之高明，挟巨资远走高飞到海外作寓公！

由信用卡说到欠债，好像扯得太远了。其实是一桩事。不习惯举债的人，大概也不愿意使用信用卡。信用卡一旦遗失被窃或被仿造，还可能引起麻烦。

圆桌与筷子[1]

我听人说起一个笑话,一个中国人向外国人夸说中国的伟大,圆餐桌的直径可以大到几乎一丈开外。外国人说:"那么你们的筷子有多长呢?""六七尺长。""那样长的筷子,如何能夹起菜来送到自己嘴里呢?""我们最重礼让,是用筷子夹菜给坐在对面的人吃。"

大圆桌我是看见过的,不是加盖上去的圆桌面,是订制的大型圆餐桌,周遭至少可以坐二十四个人,宽宽绰绰的一点也不挤,绝无"菜碗常需头上过,酒壶频向耳边洒"的现象。桌面上有个大转盘(英语名为"懒苏珊"),转盘有自动旋转的装置,主人按钮就会不疾不徐地转。转盘上每菜两大盘,客人不需等待旋转一周即可伸手取食。这样大的圆桌有一个缺点,除了左右邻座之外,彼此相隔甚远,不便攀谈,但是这缺点也

---

[1] 选自梁实秋著,《梁实秋散文集·第1卷》,长春:时代文艺出版社,2015年3月。

许正是优点，不必没话找话，大可埋头猛吃，做食不语状。

我们的传统餐桌本是方的，所谓八仙桌，往日喜庆宴都是用方桌，通常一席六个座位，有时下手添个长凳打横，只有在特殊情形下才加上一个圆桌面。炕上餐桌也是方的。方桌折角打开变成圆桌（英语所谓"信封桌"），好像是比较晚近的事了。

许多人团聚在一起吃饭，尤其是讲究吃的东西要烫嘴热，当然以圆桌为宜，把食物放在桌中央，由中央到圆周的半径是一样长，各人伸箸取食，有如辐辏于毂。因为圆桌可能嫌大，现在几乎凡是圆桌必有转盘，可恼的是直眉瞪眼的餐厅侍者多半是把菜盘往转盘中央一丢，并不放在转盘的边缘上，然后掉头而去，转盘等于虚设。

西方也不是没有圆桌。亚瑟王的圆桌骑士是赫赫有名的，那圆桌据说当初可以容一百五十名骑士就座，真不懂那样大的圆桌能放在什么地方，也许是里三层外三层围绕着吧？近代外交坛坫之上常有所谓圆桌会议，也许是微带椭圆之形，其用意在于宾主座位不分上下。这都不能和我们中国的圆桌相提并论，我们的圆桌是普遍应用的，家庭聚餐时，祖孙三代团团坐，有说有笑，融融泄泄；友朋宴饮时，敬酒、划拳、打通关都方便。吃火锅，更非圆桌不可。

筷子是我们的一大发明。原始人吃东西用手抓，比不会用手抓的禽兽已经进步很多，而两根筷子则等于是手指的伸展，比猿猴使用树枝拨东西又进一步。筷子运用起来可以灵活无比，能夹、能戳、能撮、能挑、能扒、能掰、能剥，凡是手指能做的动作，筷子都能。没人知道筷子是何时何人发明的。如果《史记》所载不虚，"纣为象箸而箕子唏"，纣王使用象牙筷子而箕子忍泣吞声地叹气，象牙筷子的历史可说是很久远了。箸原是筴，竹子做的筷子；又做梜，木头做的筷子。象牙筷子并没有什么好，怕烫，容易变色。假象牙筷子颜色不对，没有纹理，更容易变色，而且在吃香酥鸭的时候，拉扯用力稍猛就会咔嚓一声断为两截。倒是竹筷子最好，湘妃竹固然好，普通竹也不错，髹油漆固然好，本色尤佳。做祖父母的往往喜欢使用银箸，通常是短短细细的，怕分量过重，这只为了表示其地位之尊崇。金箸我尚未见过，恐怕未必中用。箸之长短不等，湖南的筷子特长，盘子也特大，但是没有长到烤肉的筷子那样。

西方人学习用筷子那副笨相可笑，可是我们幼时开始用筷子的时候，又何尝不是像狗熊耍扁担？稍长，我们使筷子的伎俩都精了——都太精了。相传少林绝技之一是举箸能夹住迎面飞来的弹丸，据说是先从用筷子捕捉苍蝇练成的一种功夫。一般人当然没有这种本领，可是在餐桌之上我们也常有机会看到某些人使用筷子的一些招数。一盘菜上桌，有人挥动筷子如舞长矛，如野火烧天横扫全境，有人胆大心细彻底翻腾如拨草寻蛇，更有人在汤菜碗里拣起一块肉，掂掂之后又放下了，再拣一块再掂掂再放下，最后才选得比较中意的一块，夹起来送进血盆大口之后，还要把筷子横在嘴里吮一下，于是有人在心里嘀咕：这样做岂不是把你的口水都污染了食物，岂不是让大家都于无意中吃了你的口水？

其实口水未必脏。我们自己吃东西都是伴着口水吃下去的，不吃东西的时候也常咽口水的。不过那是自己的口水，不嫌脏。别人的口水也未必脏。我不相信谁在热恋中没有大口大口咽过难分彼此的一些口水。怕的是口水中带有病菌，传染给别人和被人传染给自己都不大好。毛病不是出在筷子，是出在我们的吃的方式上。

六十多年前，我的学校里来了一位教英语的老师，我只记得他姓钟，外号人称"钟善人"，他在学校及附近乡村里狂热地提倡两件事，一是植树，一是进餐时每人用两副筷子，一副用于取食，一副用于夹食入口。植树容易，一年只有一度，两副筷子则窒碍难行。谁有那样的耐心，每餐两副筷子此起彼落地交换使用？如今许多人家，以及若干餐馆，筷子仍是人各一双，但是菜盘汤碗各附一个公用的大匙，这个办法比较简便，解决了互吃口水的问题。东洋御料理老早就使用木质短小的筷子，用毕即丢弃。人家能，为什么我们不能？我愿象牙筷子、乌木筷子以及种种珍奇贵重的筷子都保存起来，将来作为古董赏玩。

新年乐事[1]

到处都是"新年快乐"的祝贺之声。"民犹是也，国犹是也"，乐从何来？我个人倒有几点乐事可纪。

热心的读者来函，谓我耳聋听不见电话铃声，现有救济之法，可在电话机上装置闪亮器，铃响则灯光闪烁。可惜他没有告诉我如何购置安装。访几家电器行，都说闻所未闻。托朋友打听，亦不得要领。事乃搁置。

阳历客岁末，女文蔷自国外来，我以此事告之。她略一踌躇，拾起电话耳机，和电信局服务部门通话。两三分钟内，问题解决。电信局早有此项为聋者服务的办法，当经约定于年假后一日派人前来施工。

---

[1] 选自梁实秋著，《雅舍散文》，北京：文化艺术出版社，1998年8月。

因时值假日甫告届满，工人未果来。正惶惑间，翌日两位工人至，首先为爽约致歉。随即换机安灯，历一小时毕。当时不索费用谓将于收取电话费时一并计算，此后每月电话费加收二十五元而已。

我还有两具分机，亦欲有同样装置。承告须另行填表申请，准否不可知。我请其代为申请，二人初有难色，继而承允代办。翌日复来，为分机施工。旋又来职员两位监督复查，礼貌周到之至。电信局服务多端，此其一项而已。其服务便民之精神，至堪钦佩。

电话除闪亮器外，尚有声响扩大之装置，不但铃响之声加大，电话传音亦随同增高，其音量可以调整。每逢电话来，灯光闪闪，铃声大震，其势汹汹，我立刻去接，没有一次遗漏。不过拨错号码的很多，尤其是我早睡的习惯，一被枕边的铃声震醒，便久久不能入睡。有一利就有一弊，没得说。

"结庐在人境，而无车马喧。"是唯心论者的说法。我居陋巷，汽车的喇叭声日夜不绝，好像每个开车的人都是大官出巡，仪卫喝道，行人都须闪避。小贩的吆喝声近来不大听见，但是代之以扩音器，呱啦呱啦的声势更是惊人。即使是卖烤白薯的老乡，手摇旋转的竹器，卡拉卡拉的响声也是无远弗届的。有人羡慕我因聋而耳根清净，不受噪音干扰。这是误会。耳虽聋，还是听见一些。因思古人有所谓"瑱"，亦曰"充耳"，是挂在冠冕两旁之饰物，我想也未必就真能令人"充耳不闻"。可是到了新年，情形不同了。我们的都市礼制，不分什么住宅区商业区，即使是好多层的楼房，楼上住家，地面一层就是商店或小型修理工厂。我住的陋巷，在步行三五分钟路程以内就有餐馆近三十家，理发美容六七家。这些家商店新正开业都要大放鞭炮，以发利市。鞭要长，声要响，否则不够气派。炮声响时，不但人为之一惊，三只小猫也为之四窜。烟硝起处，有如地狱硫磺，赶关窗户都来不及。人人有放鞭炮的自由，没有人能享不受干扰的自由。今年的情形好像略有好转。阴历除夕爆竹疏疏落落，只有几声点缀。新正开市也只听到几挂鞭响。此外挨门逐户的舞狮讨赏，锣鼓喧天的局面，今年好像也匿迹销声了。也许是大家另有娱乐，不再做此无益之事。我在比较清静的情况中过了年，这也是我的新年乐事之一。

从前住家平房居多，有门楣门框，有油漆大门，一般中等人家以及普通商店过年时不免张贴春联以为点缀。如今房屋构造不同，春联似已无处可以张贴。春联例不署名，而且向来联语也很少新制。如今能操毛笔写字的人已逐渐减少，懂得平仄的人也不太多，新制联语求其不写别字，平仄调、对仗工，实在很难。倒是街头巷尾摆摊卖联的，沿用旧词，不失体例，可是他们的生意似不见佳。有些人家喜欢张挂"福"字"春"字斗方，而且是倒挂着，初创时是一噱头，大家沿用起来便觉庸俗可哂。散步街头，偶然看到"对我生财""大家恭喜"之类的红纸条子，一般的春联似乎少了。

过新年，家家户户都要办年货，做年菜，储备好几天的饮食所需。其实吃年菜，就是天天吃剩菜！大锅菜根本不怎样好吃。在农村社会或寒苦人家，过年宰一只猪或买半片猪，大打牙祭，犹有可说。如今情况不同，上上下下每天都好像是过年。冰箱可以储藏剩菜，微波炉也好温热剩菜，但是何必要吃剩菜？可是如果店铺过年不做生意，家家被迫不能不备年菜。今年超级市场都在年假中照常营业，我每天都可有新鲜菜蔬可吃，我觉得这也是最大的新年乐事之一。

年已过，乐未央，觉得社会有进步，爰笔纪之。

辑四 雅人雅事，妙趣无穷：艺术是很有境界的

我年事渐长，慢慢懂得了一点道理，四君子并非是浪博虚名，确是各自有它的特色。梅，剪雪裁冰，一身傲骨；兰，空谷幽香，孤芳自赏；竹，筛风弄月，潇洒一生；菊，凌霜自得，不趋炎热。合而观之，有一共同点，都是清华其外，淡泊其中，不做媚世之态。"画"，不是纯技术的表现，画的里面有韵味，画的背后有个人。

漫谈读书[1]

我们现代人读书真是幸福。古者，"著于竹帛谓之书"，竹就是竹简，帛就是缣素。书是稀罕而珍贵的东西。一个人若能垂于竹帛，便可以不朽。孔子晚年读《易》，韦编三绝，用韧皮贯联竹简，翻来翻去以至于韧皮都断了，那时候读书多么吃力！后来有了纸，有了毛笔，书的制作比较方便，但在印刷之术未行以前，书的流传完全是靠抄写。我们看看唐人写经，以及许多古书的钞本，可以知道一本书得来非易。自从有了印刷术，刻版、活字、石印、影印，乃至于显微胶片，读书的方便无以复加。

物以稀为贵。但是书究竟不是普通的货物。书是人类的智慧的结晶，经验的宝藏，所以尽管如今满坑满谷的都是书，书的价值不是用金钱可以衡量的。价廉未必货色差，畅销未必

---

[1] 选自梁实秋著，《雅舍杂文》，武汉：武汉出版社，2013年8月。

内容好。书的价值在于其内容的精到。宋太宗每天读《太平御览》等书二卷，漏了一天则以后追补，他说："开卷有益，朕不以为劳也。"这是"开卷有益"一语之由来。《太平御览》采集群书一千六百余种，分为五十五门，历代典籍尽萃于是，宋太宗日理万机之暇日览两卷，当然可以说是"开卷有益"。如今我们的书太多了，纵不说粗制滥造，至少是种类繁多，接触的方面甚广。我们读书要有抉择，否则不但无益而且浪费时间。

那么读什么书呢？这就要看个人的兴趣和需要。在学校里，如果能在教师里遇到一两位有学问的，那是最幸运的事，他能适当地指点我们读书的门径。离开学校就只有靠自己了。读书，永远不恨其晚。晚，比永远不读强。有一个原则也许是值得考虑的：作为一个道地的中国人，有些书是非读不可的。这与行业无关。理工科的、财经界的、文法门的，都需要读一些蔚成中国文化传统的书。经书当然是其中重要的一部分，史书也一样的重要。盲目地读经不可以提倡，意义模糊的所谓"国学"亦不能餍现代人之望。一系列的古书是我们应该以现代眼光去了解的。

黄山谷说："人不读书，则尘俗生其间，照镜则面目可憎，对人则语言无味。"细味其言，觉得似有道理。事实上，我们所看到的人，确实是面目可憎语言无味的居多。我曾思索，其中因果关系安在？何以不读书便面目可憎语言无味？我想也许是因为读书等于是尚友古人，而且那些著书立说的古人必定是一时才俊，与古人游不知不觉受其熏染，终乃收改变气质之功，境界既高，胸襟既广，脸上自然透露出一股清醇爽朗之气，无以名之，名之曰书卷气。同时在谈吐上也自然高远不俗。反过来说，人不读书，则所为何事，大概是陷身于世网尘劳，困厄于名缰利锁，五烧六蔽，苦恼烦心，自然面目可憎，焉能语言有味？

当然，改变气质不一定要靠读书。例如，艺术家就另有一种修为。"伯牙学琴于成连先生，三年不成。成连云吾师方子春今在东海中，能移人情。乃与伯牙俱往，至蓬莱山，留伯牙，曰：'子居此习之，吾将迎之。'刺船而去，旬时不返。伯牙遥望无人，但闻海水㵷洞，山林杳冥，群鸟悲号，怆然叹曰：'先生将移我情矣。'乃援琴而歌，作水仙操，曲终，成连回刺船迎之而返。伯牙之琴，遂妙天下。"这一段记载，写音乐家之被自然改变气质，虽然神秘，不是不可理解的。禅宗教外别传，根本不立文字，靠了顿悟即能明心见性。这究竟是生有异禀的人之超绝的成就。以我们一般人而言，最简便的修养方法还是读书。

书，本身就有情趣、可爱，大大小小形形色色的书，立在架上，放在案头，摆在枕边，无往而不宜。好的版本尤其可喜。我对线装书有一分偏爱。吴稚晖先生曾主张把线装书一律丢在茅厕坑里，这偏激之言令人听了不大舒服。如果一定要丢在茅厕坑里，我丢洋装书，舍不得丢线装书。可惜现在线装书很少见了，就像穿长袍的人一样的稀罕。几十年前我搜求杜诗版本，看到古逸丛书影印宋版蔡梦弼《草堂诗笺》，真是爱玩不忍释手，想见原本之版面大，刻字精，其纸张墨色亦均属上选。在校勘上、笺注上此书不见得有多少价值，可是这部书本身确是无上的艺术品。

文房四宝[1]

文房四宝，谓笔墨纸砚。《明一统志》："四宝堂在徽州府治，以郡出文房四宝为义。"这所谓郡，是指歙县。其实歙县并不以笔名，世所称"湖笔徽墨"，湖是指浙江省旧湖州府，不过徽州的文具四远驰名，所以通常均以四宝之名归之。宋苏易简撰《文房四宝谱》五卷，是最早记叙文房四宝的专书。《牡丹亭·闺塾》："春香取文房四宝来模字。"《长生殿·制谱》："不免将文房四宝摆设起来。"是文房四宝一语沿用已久。

凡是读书人，无不有文房四宝，而且各有相当考究的文房四宝，因为这是他必需的工具。从启蒙到出而问世，离不开笔墨纸砚。现在的读书人，情形不同了，读书人不一定要整日价关在文房里，他可能大部分时间要走进实验室，或是跑进体育

---

[1] 选自梁实秋著，《梁实秋散文集》，北京：中国社会出版社，2004年1月。

场，或是下田去培植什么品种，或是上山去挖掘古坟，纵然有随时书写的必要，"将文房四宝摆设起来"的那种排场是不可能出现的了。至少文房四宝的形态有了变化。我们现在谈文房四宝，多少带有一些思古之幽情。

笔

《史记》：蒙恬筑长城，取中山兔毛造笔。所以我们一直以为我们现在使用的这种毛笔是蒙恬创造的，蒙恬以前没有毛笔。有人指出这个说法不对。毛笔的发明远在秦前。甲骨文里没有"笔"字，不能证明那个时代没有笔。殷墟发掘，内中有朱书的龟板（董作宾先生曾赠我一条幅，临摹一片龟板，就是用朱墨写的，记载着狩猎所得的兽物，龟脊以左的几行文字直行右行，其右的几行文字直行左行，甚为有趣）。看那笔迹，非毛笔不办。

民国初年长沙一座战国时代古墓中，发现了一枝竹管毛笔，兔毛围在笔管一端的外面，用丝线缠起，然后再用漆涂牢。是战国时已有某种形式的毛笔了。蒙恬造笔，可能是指秦笔而言。晋崔豹《古今注》已有指陈，他说："自古有书契以来，便应有笔，世称蒙恬造笔，何也？答曰：'蒙恬造笔，即秦笔耳。'"所谓秦笔，是以四条木片做笔杆，而不是用竹，因为秦在西陲，其地不产竹。至于我们现代使用的毛笔究竟是始于何时，大概是无可考。韩愈的《毛颖传》不足为凭。

用兽毛制笔实在是一大发明。有了这样的笔，才有发展我们的书法画法的可能。《太平清话》："宋时有鸡毛笔、檀心笔、小儿胎发笔、猩猩毛笔、鼠尾笔、狼毫笔。"所谓小儿胎发笔，不知是否真有其事。我国人口虽多，搜集小儿胎发却非易事，就是猩猩的毛恐怕亦不多见。我们常用的毛是羊毫，取其软，有时又嫌太软，遂有七紫三羊或三紫七羊或五紫五羊的发明。紫毫是深紫色的兔毫，比较硬。白居易有一首《紫毫笔乐府》："紫毫笔，尖如锥兮利如刀。江南石上有老兔，吃竹饮泉生紫毫，宣城工人采为笔，千万毛中拣一毫。"可见紫毫一向是很贵重的。我小时候常用的笔是"小毛锥"，写小字用，不知是什么毛做的，价钱便宜，用不了多久不是笔尖掉毛，就是笔头松脱。最可羡慕的是父亲书桌上笔架上插着的琉璃厂李鼎和"刚柔相济"，那就是七紫三羊，只有在父亲命我写"一炷香"式的红纸名帖的时候，才许我使用他的"刚柔相济"。这种七紫三羊，软中带硬，写的时候省力，写出来的字圆润。"刚柔相济"这个名字实在是起得好。我的岳家开设的程五峰斋是北平一家著名老店，科举废后停业，肆中留下的笔墨不少，我享用了好多年，其中最使我快意的是毛笔"磨炼出精神"，原是写大卷用的笔，我拿来写信写稿，写白折子，真是一大享受。

常听人说：善书者不择笔。我的字写不好，从来不敢怨笔不好。可是有一次看到珂罗版影印的朱晦庵的墨迹，四五寸大的行草，酣畅淋漓，近似"笔势飞举而字画中空"的飞白。我忽有所悟。朱老夫子这一笔字，绝不是我们普通的毛笔所能写出来的。史书记载："蔡邕诣鸿都门，时方修饰，见役人以垩帚成字，因归作飞白书。"朱老夫子写的近似飞白的字，所用的纵然不是垩帚，也必定是一种近似刷子的大笔。英文译毛笔为brush（刷子），很难令人满意，其实毛笔也的确是个刷子，不过有个或长或短或软或硬溜尖的笔锋而已。画水彩画用的笔，也曾有人用以写字，而且写出来颇有奇趣。油漆匠用的排笔，也未尝不可借来大涂大抹一幅画的背景。毛笔是书画用的工具，不同的书画自然需要不同的笔。古代书家率多自己造笔，非如此不能满足他的需要。据说王右军用的是兔毫笔，都是经过他自己精选的赵国平原八九月间的兔子的毫，既长而锐。北方天气寒冷，其毫劲硬，所以右军的字才写得那样的挺秀多姿。大抵魏晋以至于唐，以兔毫为主，宋元以后书家偏重行草，乃以鼠毫羊毫为主。不过各家作风不同，用途不同，所用之笔亦异，不可一概而论。像沈石田的山水画，浓墨点苔非常出色，那著名的"梅花点"就不是一般画笔所能画得出来的，很可能是先用剪刀剪去了笔锋。

毛笔之妙，固不待言，我们中国的字画之所以能在世界上独树一帜，赖有毛笔为工具。不过毛笔实在不方便，用完了要洗，笔洗是不可少的，至少要有笔套，笔架笔筒也是少不了的。而且毛笔用不了多久必败，要换新的。僧怀素号称草圣，他用过的笔堆积如山，埋在地下，人称笔冢。那是何等的豪奢。欧阳修家贫，其母以荻画地教之学书。那又是何等的困苦。自从科举废，毛笔之普遍的重要性一落千丈，益以连年丧乱，士大夫流离颠沛，较简便的自来水笔、铅笔，以至于较近的球端笔（俗谓原子笔）、毡头笔（俗谓签字笔）乃代之而兴。制毛笔的技术也因之衰落。近来我曾搜购七紫三羊，无论是来自何方，均不够标准，都是以紫毫为心，秀出外露，羊毫嫌短，不能与紫毫浑融为一体，无复刚柔相济之妙。这也是无可奈何之事。有穷亲戚某，略识之无，其子索钱买毛笔，云是教师严命，国文作文非用毛笔不可，某大怒曰："有铅笔即可写字，何毛笔为？"孩子大哭而去。画荻学书之事，已不可行于今日。此后毛笔之使用恐怕要限于临池的书家和国画家了。

墨

古时无墨。最初是以竹挺点漆，后来用石墨磨汁，汉开始用松烟制墨，魏晋之际松烟制墨之法益精，遂无再用石墨者。魏韦诞的合墨法："好醇烟捣讫，以细绢筛于缸。醇烟一斤以上。以胶五两，浸梣皮汁中。其皮入水，绿色，解胶，又益墨色，可下鸡子白去黄五枚。益以珍珠一两，麝香一两，皆别治细筛。都合稠下铁臼中，宁刚不宜泽，捣三万杵，多益善。合墨不得过二月九日，重不得二两一。"古人制墨，何等考究。唐李廷珪为墨官，尝谓合墨一料需配珍珠三两，玉屑一两，捣万杵。晚近需求日多，利之所在，粗制滥造，佳品遂少。历来文人雅士，每喜蓄墨，不一定用以临池，大多是以为把玩之资。细致的质地，沉着的色泽，高贵的形状，精美的雕镂题识，淡远的香气，使得墨成为艺术品。有些名家还自己制墨，苏东坡与贺方回都精研和胶之法。明清两代更是高手如云。而康熙乾隆都爱文墨，除了所谓御墨如三希堂、墨妙轩之外，江南督抚之类封疆大吏希意承旨还按时照例进呈所谓贡墨，虽然阿谀奉承的奴才相十足，墨本身的制作却是很精的，偶有流布在外，无不视为珍品。《红楼梦》作者的祖父江宁织造曹寅也有镌着"兰台精英"四字的贡墨，为蓄墨者所乐道。至于谈论墨品的专书，则宋有晁季一之《墨经》、李孝美之《墨谱》，明有陆友之《墨史》等，清代则谈墨之书不可胜计。

墨究竟是为用的，不是为玩的。而且玩墨也玩不了多久。苏东坡诗："此墨足支三十年，但恐风霜侵发齿。非人磨墨墨磨人，瓶应未罄罍先耻。"《苕溪渔隐丛话》："东坡云：'石昌言蓄李廷硅墨，不许人磨。或戏之云：子不磨墨，墨将磨子。今昌言墓木拱矣，而墨固无恙。'……"墨之精品，舍不得磨用，此亦人情之常。民初北平兵变，当铺悉遭劫掠，肆中所藏旧墨散落在外，家君曾收得大小数十笏，皆锦盒装裹，精美豪华。其形状除了普通的长方形圆柱形等之外，还有仿钟、鼎、尊、磬诸般彝器之作。质坚烟细，神采焕然。这样的墨，怎舍得磨？至于那些墨上镌刻的何人恭进，我当时认为无关紧要，现已不复记忆了。

书画养性，至堪怡悦，唯磨墨一事为苦。磨墨不能性急，要缓缓地一匝匝地软磨，急也没用，而且还会墨汁四溅。昔人有云："磨墨如病儿，把笔如壮夫。"懒洋洋地磨墨是像病儿似的有气无力的样子。不过也有人说，磨墨的时候正好构想。《林下偶谈》："唐王勃属文，初不精思，先磨墨数升。"也许那磨墨正是精思的时刻。听人说，绍兴师爷动笔之前必先磨墨，那也许是在盘算他的刀笔如何在咽喉处着手吧？也有人说，作书画之前磨墨，舒展指腕的筋骨，有利于挥洒，不过那也要看各人的体力，弱不禁风的人磨墨数升，怕搦管都有问题，只能作颤笔了。

笔要新，墨要旧。如今旧墨难求，且价绝昂。近有人贻我坊间仿制"十八学士"一匣，"睢阳五老"一匣，只看那镌刻粗糙，金屑浮溢之状，就可以知道墨质如何。能没有臭腥之气，就算不错。

纸

蔡伦造纸，见《后汉书·蔡伦传》："自古书契，多编以竹简，其用缣帛者，谓之为纸。缣贵而简重，并不便于人。伦乃造意，用树肤、麻头，及敝布、渔网以为纸。元兴元年（西历一○五年）奏上之，帝善其能。自是莫不从用焉。故天下咸称蔡侯纸。"

蔡伦是东汉和帝时的一名宦官，亏他想出以植物纤维造纸的方法。造纸的原料各地不同，据苏易简《纸谱》说："蜀人以麻，闽人以嫩竹，北人以桑皮，剡溪人以藤，海人以苔，浙人以麦面稻秆，吴人以茧，楚人以楮为纸。"多是植物性纤维，就地取材。我国的造纸术，于蔡伦后六百多年传到中亚，再经四百年传到欧洲，这一伟大发明使全世界蒙受其利，是值得大书特书的事。

文人最重视的纸是宣纸，产自安徽宣州，今宣城县，故名。《绩溪县志》："南唐李后主，留心翰墨，所用澄心堂纸，当时贵之。而南宋亦以入贡。是澄心堂纸之出绩溪，其著名久矣。"按近人考证澄心堂，在今安徽绩溪县艺林寺临溪小学附近，与李后主宫内之澄心堂根本不是一个地方。李后主用绩溪的澄心堂纸，但是他没有制作澄心堂纸。宫中燕乐之地，似不可能设厂造纸。《文房四谱》："黟歙间多良纸，有凝霜、澄心之号。复有长可五十尺为一幅。盖歙民数百理其楮，然后于长船中以浸之，数十夫举杪以抄之。旁一夫以鼓节之。于是以大熏笼周而焙之，不上于墙壁也。由是自首至尾匀整如一。"澄心堂纸幅大者，特宜于大幅书画之用。不过真的澄心堂纸早已成为稀罕之物，北宋时即已不可多见。《六一诗话》："余家尝得南唐后主之澄心堂纸……"视为珍宝。宋刘攽（贡父）诗："当时百金售一幅，澄心堂中千万轴。后人闻此那复得，就令得之当不识！"如今侈言澄心堂，几人见过真面目？

旧纸难得，黠者就制造赝品，熏之染之，也能古色古香地混充过去，用这种纸易于制作假字画蒙骗世人。这应该算是文人无行的一例，故宫曾流出一批大幅旧纸，被作伪的画家抢购一空。

宣纸有生熟之别，有单宣夹贡之分。互有利弊，各随所好而已。古人喜用熟纸，近人偏爱生纸。生纸易渗水墨，笔头水分要控制得宜，于湿干浓淡之间显出挥洒的韵味。尝见有人作画，急欲获致水墨渗渲的效果，不断地以口吮毫，一幅画成，舌面尽黑。工笔画，正楷书，皆宜熟纸。不过亦不尽然，我看见过徐青藤花卉册页的复制品，看那淋漓的水渲墨晕，不像是熟纸。

文人题诗或书简多喜自制笺纸，唐名妓薛涛利用一品质特佳的井水制成有名的薛涛笺，李商隐所云"浣花笺纸桃花色，好好题诗咏玉钩"，大概就是这种纸。明末盛行花笺，素宣之上加以藻绘，花卉、山水、人物，以及铜玉器之模型，穷工极妍，相习成风。饾版彩色的《十竹斋笺谱》《萝轩变古笺谱》可推为代表作。二十世纪初北京荣宝斋等南纸店发售之笺纸，间更有模印宋版书之断简零篇者，古色古香，甚有意趣。近有嗜杨小楼剧艺而集其多幅戏报为笺纸者，亦别开生面之作。

自毛笔衰歇之后，以宣纸制作之笺纸亦渐不流行，偶有文士搜集，当作版画一般的艺术品看待。周作人的书信好像是一直维持用毛笔笺纸，徐志摩、杨今甫、余上沅诸氏也常保持这种作风。至于稿纸之使用宣纸者，自梁任公先生之后我不知尚有何人。新月书店始制稿纸，采胡适之先生意见，单幅大格宽边，有宣纸、毛边、道林三种，其中宣纸一种，购者绝少，后遂不复制。

砚

砚居四宝之末，但是同等重要。广东高要县端溪所产之砚号称端砚，为世所称，其中以斧柯山的石头最为难得，虽然大不过三四指，但是只有冬天水涸的时候才可一人匍匐进入洞口采石，苏东坡所说"千夫挽绠，百夫运斤，篝火下缒，以出斯珍"，可以说明端砚之所以珍贵。与端砚齐名的是歙砚，产地在今之江西婺源县（原属安徽）之歙溪。如今无论是端砚或歙砚，都因为历年来开采，罗掘俱穷，已不可多得，吾人只能于昔人著述中略知其一二，例如宋米芾之《砚史》，高似孙之《砚笺》，以及南宋无名氏之《砚谱》等。

历代文人及收藏家多视佳砚为拱璧。南唐官砚，现在日本，《广仓研录》以此砚为所著录名砚百数十方拓本之首，是现存古砚之最古老最珍贵者。宋人苏东坡德有邻堂①遗砚，及米芾的紫金砚等都是极为有名的。所谓良砚，第一是要发墨，因其石之质地坚细适度，磨墨不费时，轻磨三二十下，墨沈浓浓。而且墨愈坚则发墨愈速，佳砚佳墨乃相得而益彰。除了发墨之外还要不伤笔，笔尖软而砚石糙则笔易受损。并且磨起不

---

① 苏轼贬谪惠州期间，在白鹤峰设计新居时引用《论语·里仁》中孔子"德不孤，必有邻"的语意，为新居正厅取名"德有邻堂"。

可有沙沙的声响。磨成墨汁后要在相当久的时间内不渗不干。能有这几项优异的功能便是一方佳砚，初不必问其是端是歙。

我家有一旧砚，家君置在案头使用了几十年，长约尺许，厚几二寸，砚瓦微陷，砚池雕琢甚细，池上方有石眼，左右各雕一龙，做二龙戏珠状。这个石眼有瞳孔，有黄晕，算不算得是"活眼"我就不知道了。家君又藏有桂未谷模写的蝇头隶书汉碑的拓本若干幅，都是刻在砚石上的，写得好，刻得精，拓得清晰，裱褙装裹均极考究，分四大函。张迁、曹全、白石神君、天发神谶、孔宙……等等无不具备。观此拓片，令人神往，原来的石砚不知流落何方了。

我初来台湾，求一可用之砚亦不易得。有人贻我塑胶砚一方，令人啼笑皆非。菁清雅好文玩，既示我以其所藏之三希堂法帖，又出其所藏旧砚多方，供我使用。尤其妙者，菁清尝得一新奇之砚滴，形如废电灯泡，顶端黄铜螺旋，扭开即可注水，中有小孔，可滴水于砚面或砚池，胜似昔之砚蟾。陆放翁有句："自烧熟火添新兽，旋把寒泉注砚蟾。"我之新型砚蟾，注水可长期滴用，方便多多。从此文房四宝，虽不求精，大致粗备。调墨弄笔，此其时矣。

雅人雅事[1]

  顶高顶白的一垛山墙，太没有意思，太不雅观，我们最好在上面题一首诗。在山清水秀的风景所在，题诗在壁上尤其是一件不可少的举动。然而这一件雅事只能在我们雅人最多的中国举行。谓余不信，请你环游全球的风景所在，然后再回到我们中国来，比较比较看，什么地方壁上题的诗多。

  我说壁上题诗，是雅人雅事。第一题诗非要诗人不可，这一来我们中国人就占便宜，随便张三李四都可以作两首诗。用心一点的，作出诗来有时平仄还可以调。上海街旁告地状的朋友，哪一位不是诗中圣手？他们能够把衷肠积愫千言万语，都编成七个字一句、七个字一句的，不多不少，整整齐齐，这就不容易。他们既能告地状，便可以告墙状。我们中国诗人之多，似乎也就不难于想象了。

---

[1] 选自梁实秋著，《梁实秋散文集·第1卷》，长春：时代文艺出版社，2015年3月。

第二，题诗要求其历久不灭。于是在工具上不能不讲求，我们中国的笔墨是再好不过。外国人里也有一两个平仄尚调的诗人，但是一管自来水笔何能在墙上题诗，诗兴来时只得嘴里哼哼两声了事，所以题壁的雅事不能不让我们中国人独步了。还有，题诗要题在高不可攀、深不可探的地方，才能历久不灭。寺殿上的匾额，我们若能爬上去题上一首五言绝句，别人一定不易拂拭磨灭，说不定这首诗就流传了。山谷间的摩崖，谁也不去损伤它，也是最妙的地方。所以题诗要题得满坑满谷，愈奇特的地方愈妙。然而这攀高寻幽的举动，又非雅人不办。

壁上题诗的雅人，最要紧的是胆大。诗的好坏没有大关系，只要能把墙壁上空白的地方补满，便算功德。据说有一位刻薄的人，游某名胜，看看墙上题诗甚多，皆不称意，于是也援笔立题一绝曰："放屁在高墙，如何墙不倒？细看那边时，原来抵住了！"这位先生一定是缺乏鉴赏文学的力量，才做此怪论。题诗雅人，大可不必理他。

天性不近乎诗的人，想来也不少，但是中国的墙壁的空白还有不少，为雅观起见，非要涂满不可的。很多读书识字的人早就有鉴于此，所以往往不题诗而题尊姓大名，并记来游之年月日。我们游赏名胜的时候，借此可以知道时贤足迹所之，或者也可以增加这名胜地方的历史价值，也未可知。所以壁上题名，间接着也是保存名胜的一点意思。

雅人雅事，不止一端，壁上题诗名，还是一件小事。

画梅小记[①]

余北人,从没有见过梅树,所谓"暗香疏影""水边篱落",全是些想象中的境界。过年前后,亲朋馈赠,常有四盆红梅,或是蜡梅之类,移植在瓷盆里面,放在客厅里作为陈设,看它瘦曲似铁,又如鹭立空汀,冻萼数点,散缀其间,颇饶风趣。但是花谢之后便无可观,自己不善调护,弃置一年之后,即使幸而不死,也甚少生机,偶尔于近根处抽出一两枝气条,生出三五朵细僵的花苞,反觉败兴。所以对于梅花并无多少好感。

后来我读了龚定庵的《病梅馆记》,乃大为感动。这篇古文使我了解什么叫作"自然之美",什么叫作"自由"。我后来之所以对于"自由"发生强烈的爱慕,对于束缚"自由"的力量怀着甚深的憎恨,大半是受了此文之赐。但是附带着我

---

① 选自丁祖永、黄彦主编,《世界报刊选萃·第1辑》,北京:新华出版社,1989年1月。

对于梅花感到兴趣了。盆梅不足以餍我之望，病梅更是令人难过，我憧憬着的乃是庾岭、邓尉。我想看看"江边一树垂垂发"是什么样子。

我遨游江南、巴楚之后，有机会看见了梅兄的本色，有带藓苔的丑干老枝，有繁花如簇的香雪海，有的红如口脂，有的白若傅粉，有的是瘦骨嶒峨地斜欹着，有的是杈丫盘空如晴雪塞门，形形色色，各极其妍。但其最足令人妙赏处，乃在一"冷"字。凌厉风霜，不与百花争艳，自有一种孤高幽独的气息。

我不善画，但如《芥子园》之类童时亦曾披阅，"攒三""聚四"之类亦曾依样葫芦。羁旅无聊，寒窗呵冻，辄为梅兄写真。水墨勾勒，不假丹青，只图抒写胸中逸气，根本谈不到工拙。金冬心《画梅题记》有云：

> 四月浴佛日清斋毕，在无忧林中画此遣兴，胜与猫儿狗子盘桓也。

"心出家庵僧"，实在朴直得可爱。我每次乘兴画梅，亦正做如此想耳。有一回，我效陆凯、范晔故事，画了一枝梅，题上"江南无所有，聊赠一枝春"之句寄赠友好。复信云：

"如此梅花，吾家之犬，亦优为之！"是终不免与猫儿狗子为伍，为之大笑。

一张素纸，由我笔墨驰骤，我感到了"自由"。怎样把枝子画得扶疏掩映，怎样把疏密浓淡画得错落有致，怎样把花朵勾得向背得宜，当然是大费周章，但是在这过程中我意识到了"创造"的酸辛。有人说，画梅花要把那一股芬芳都要画出来才算是尽了画梅的能事，这种说法可就不免玄虚了。

华山一泉画墨梅题云：

> 一枝常占百花先，
> 信手挥来淡更妍。
> 独有清香描不到，
> 几回探在玉堂前。

要想描出梅花的清香，我觉得实在太难了。我只求能写出梅花的孤高，不要臃肿，不要俗艳，就算是不唐突梅花了。

时在严冬，大风凛冽，遥想江南梅树，不知着花也未？

寒梅着花未[①]

《中国文学史论集》卷一刘延涛先生作《王维》，有这样一段话：

维二十一岁举进士，调大乐丞，从此开始做官，直至尚书右丞。弟缙，更是官运亨通。维虽然在五十六岁时陷贼，但仍获优遇。事后也未遭受严厉处分。陷贼以前，他生活在大唐盛世，贼平以后，弟弟的官做得更大了。他这样的家庭环境，时代背景，对于民间疾苦和社会黑暗方面的体认，当然没有杜甫那样深刻。但像刘大杰在《中国文学发展史》内说他对于民生漠不关心，则是重大的错误！刘氏引了他一首杂诗："君自故乡来，应知故乡事。来日绮窗前，寒梅着花未？"便说他"见了乡人，不问民生的疾苦，不问亲友的状况，只关心到窗前的梅花，可知这派

[①] 选自梁实秋著，《雅舍遗珠 修订本》，南京：江苏人民出版社，2020年6月。

诗人，除了他个人以外，对于现实的社会，是完全闭着眼了！"……实在责备得太过。我可以说在我们的历史上从没有不关心人民疾苦而能成为伟大诗人的！我们读王维的诗，有很多地方是对社会不平现象而发议论的。如……都充分暴露贵族的奢华与民生的憔悴，而造词则极其婉约。

刘延涛先生之言，是也。刘大杰的《中国文学发展史》在坊间一般中国文学史中算是比较好的之一，不过他批评王维也堕入了一般庸俗的邪见，以为凡是文学作品皆应千篇一律地反映民间疾苦，否则便是无视于现实社会。殊不知文学范围很广，社会现象复杂，文学创作不能限于某一单独题材。我们评论作家，也不应单凭一首小诗来论定作者全部的性格。

单就这一首杂诗而论，也有可以研讨的地方。一首诗，作于何年，作于何地，有无本事可考，都是很重要的。《赵松谷笺注王右丞集》，谓"叙诗之法，编年最上"是有见地的话，可惜，"拟欲编年，苦无所本。"《赵注王右丞集》卷十三《杂诗》共列三首，是否同时同地所作，不得而知。细绎三首内容，又好像是不无关联。因此我猜想，王维这首小诗也许不是自抒乡思，而是揣摩远客心理，发为关切家乡的殷勤问讯。按王维太原人，其父徙家于蒲，遂为河东人（见刘昫唐书本传），王维一生足迹所至未出京兆、济州、凉州、洛阳一带，都是属于寒冷的北方。北地也有梅花，究竟是盛于江南江北。《梁书·何逊传》："何逊作扬州法曹，廨舍有梅花一株，花盛开，逊吟咏其下。后居洛思梅花，再请其任，从之。抵扬州，花方盛，逊对花彷徨终日。"是旅居北地之人萦怀家乡之梅花，甚至千里迢迢专诚访视，已成为历史上的佳话。王维此诗，我猜想是代一个旅居北地的人透露其怀念江南家乡的情思。《杂诗》之另一首："家住孟津河，门对孟津口。常有江南船，寄书家中否？"同样是写寄居北地的江南人的乡思。故乡是指江南，而王维的故乡不是江南。

假如我的猜想不错，即使这首小诗不是自摅胸臆，而是假托虚构，我们依然可以问：客自故乡来，为什么不问别的，单问窗前的寒梅着花未？王维写此诗是在什么年代固无从考证，据唐书本传，代宗好文，于王维故后对他的弟弟王缙说："卿之伯氏，天宝中，诗名冠代，朕尝于诸王座闻其乐章。今有多少文集，卿可进来。"王缙说："臣兄开元中诗百千余篇，天宝事后，十不存一。"很可能这首小诗作于开元中。王维陷贼是在天宝十五载，时王维五十六岁，他六十一岁便死了。所以此诗作于比较太平的时期，大概是可能的。他不可能问出"来日朱门前，有无冻死骨"之类的话。再说，诗不比闲话散文，要特别讲究情趣格调。四友斋丛说："五言绝句当以王右丞为绝唱。"评价实在很高。五言绝句，局面很小，容不下波澜壮阔的思潮，只好拈取一星半点的灵机隽语，既不可失之凝滞，亦不可过于庄严。像王维这首杂诗，温柔潇洒，恰如其分，不愧为绝唱。凡是有过离乡羁旅的经验的人，谁不惦念其家园中的一草一木，人情所系，千古无殊。

一位作者的气质永远是多方面的，说他是田园诗派，他有时也神游八表；说他是隐逸一流，他有时也表露用世的雄心，似不宜轻加类别。王维有《请回前任司职田粟施贫人粥状》一文，见《右丞集》卷十八，似常为读者所忽略，如今读之想见王维对于现实社会并非"完全闭着眼"——

> 右臣比见道路之上，冻馁之人，朝尚呻吟，暮填沟壑，陛下圣慈怜愍，煮公粥施之，顷年以来，多有全济，至仁之德，感动上天，故得年谷颇登，逆贼皆灭，报施之应，福佑昭然。臣前任中书舍人，给事中，两任职田，并合交纳。近奉恩敕，不许并清。望将一司职田，回与施粥之所，于国家不减数粒，在穷窘或得再生，庶以上福圣躬，永宏宝祚。仍望令刘晏分付所由讫，具数奏闻，如圣恩允许，请降墨敕。

王维愿把他所得的两份京官的"职分田"捐出一份作为施

贫人粥之用。千载而下，读之犹感仁者之所用心。至于他晚年屏绝尘累，以禅诵为事，自谓"晚年惟好静，万事不关心"，那是另一回事，兹不赘。

《饮中八仙歌》[1]

杜工部《饮中八仙歌》，章法错落有致。吴见思《杜诗论文》："此诗一人一段，或短或长，似铭似赞，合之共为一篇，分之各成一章，诚创格也。"王嗣奭《杜臆》也有同样见解："此系创格，前无所因[2]，后人不能学。描写八公，各极生平醉趣，而都带仙气，或两句，或三句四句，如云在晴空，卷舒自如，亦诗中之仙也。"前无所因，是真的；后人不能学，倒也未必。学尽管学，未必学得好耳。不过此诗也有几点问题在。

八仙是（1）四明狂客贺知章，（2）汝阳王琎，（3）左丞相李适之，（4）侍御史崔宗之，（5）中书舍人苏晋，（6）诗仙李白，（7）草圣张旭，（8）布衣焦遂。杜工部自

---

[1] 选自梁实秋著，刘天华、维辛编选《梁实秋读书札记》，北京：中国广播电视出版社，1990年9月。
[2] 此处为作者误记，据王嗣奭《杜臆》原文，应为"前古无所因"。

己不与焉。《新唐书》说李白"与贺知章、李适之、汝阳王琎、崔宗之、苏晋、张旭、焦遂,为酒中八仙人",是又一说。杜工部虽然也好饮酒,也被人泥饮过,并不以剧饮名,后来病起就索性停了酒杯。何况八个人和杜工部也并不全是属于同一辈分。此诗成于何年,固难确定,要之总是天宝之初。仇沧柱注:"按史,汝阳王天宝九载已薨,贺知章天宝三载,李适之天宝五载,苏晋开元二十二年,并已殁。此诗当是天宝间追忆旧事而赋之,未详何年。"所论甚是。至于范传正"李白新墓碑"所谓"在长安时,时人以公及贺监、汝阳王、崔宗之、裴周南等八人为酒中八仙",则又是一说,无可稽考。无论八仙是怎个计算法,不能把杜工部计算进去。

八仙之中每个人酒量如何,也是一个问题。清嘉同[①]年间施鸿保著《读杜诗说》,他说:"今按此诗于汝阳则言三斗,于李白则言一斗,于焦遂则言五斗。即李适之言'日费万钱',据《老学庵笔记》等书,言唐时酒价每斗三百钱,故公有'速来相就饮一斗,恰有三百青铜钱'之句。此云万钱,则日饮且三石余矣,虽不定是此数,然亦当以斗计也。独于张旭但言三杯,杯即有大小,要不可与斗较,岂旭好饮而量非大户耶?然与汝阳等并称饮仙,不应相悬若此,或杯字有误。"施

---

① 嘉庆与同治的合称。

鸿保所提问题不能说没有道理，唯于此我们应有数事注意。

首先，所谓饮仙乃是着眼于其醉趣。尤其是要看在他醉趣之中是否带有仙气，并非纯是计较其饮量之大小。能牛饮者未必能成仙，可能不免于伧父之讥。所谓仙气，我想大概就是借酒力之兴奋与麻醉的力量而触发灵感，然后无阻碍地发挥其天性与天才。称之为醉趣可，称之为天性与天才之表现亦可。这是我们平素不容易看到的奇迹，所以称之为仙。至若烂醉如泥，形如死猪，或使酒骂座，或呕吐狼藉，则都是酒后丑态，纵然原是海量，亦属无趣。所以饮中八仙，量不相同，正无足异。唯所谓"日费万钱"，则须知李适之是左丞相，焉能日饮三石？所谓"费"，是指用于饮酒之钱。故仇注引"黄布曰：'日费万钱，饷客之用，皆出于此。'是也。"且人之酒量本有大小之不同，故酒曰"天禄"。我拍浮酒中者，也有五十余年，所遇善饮者无数，亲自所见最善饮者三五辈也不过黄酒三五斤耳（已醉之后狂饮，可能不止此数）。文人之笔下，好事者之传说，时常夸大其词，好像真有人能"长鲸吸百川"的样子。还有，酒与酒不同，要谈酒量必先确知其为何种之酒酿。如是醇醪，则不觉易醉，如是薄酒，多饮亦无妨。饮中八仙所饮何酒，我不确知。贺知章是会稽人，可能他所饮酒是秫制，秫即糯稻，可能即是今之黄酒。八仙虽根本未在一处饮宴，但诗中皆以斗为单位，这个斗字又是一个问题。斗若作为十升解，其容积为三百十六立方寸，约合美国二点六四加仑，一斗酒是相当多，三斗五斗岂不更吓煞人？假如斗作为酒器解，虽然我们不知道这斗究有多么大，只知道其形如斗，好像这样解释就比较容易接受似的。《诗经·大雅·生民之什·行苇》："曾孙维主，酒醴维醹，酌以大斗，以祈黄耇。"可见大斗即是大杯，用以敬老。大斗不会是十升为斗的斗，老年人不可能喝下那么多的味道浓醇的酒。施鸿保的疑虑可能是多余的吧？

四君子[1]

梅、兰、竹、菊，号称花中四君子，其说始于何时，创自何人，我不大清楚。集雅斋梅、竹、兰、菊四谱，小引云："文房清供，独取梅、竹、兰、菊四君者，无他，则以其幽芬逸致，偏能涤人之秽肠而澄莹其神骨。"四君子风骨清高固无论已，但是初学花卉者总是由此入手。记得幼时模拟芥子园画谱就是面对几页梅、兰、竹、菊而依样葫芦，盖取其格局笔路比较简单明了容易下笔。其中有多少幽芬逸致，彼时尚难领略。最初是画梅，我根本不曾见过梅花树，细枝粗秆，勾花点蕊，辄沾沾自喜，以为暗香疏影亦不过如是，直到有一位朋友给我当头一棒："吾家之犬，亦优为之。"从此再也不敢动笔。兰花在北方是少见的，我年轻时只见过一次，那是有人从福建"捧"到北方来的一盆素心兰，放在女主人屋角一只细高的硬木架上，居然抽茎放蕊，听说有幽香盈室（我闻不到），

---

[1] 选自梁实秋著，《雅舍遗珠》，武汉：武汉出版社，2013年8月。

我只看到乱蓬蓬的像是一丛野草。竹子倒不大稀罕，不过像林处士所谓"竹树绕吾庐，清深趣有余"，对我而言一直是想象中的境界。所以竹雨是什么样子，竹香是什么味道，竹笑是什么神情，我都不大了解。有人说："喜写兰，怒写竹。"这话当然有道理，但我有喜怒却没有这种起升华作用的才干。至于菊，直是满坑满谷，何处无之，难得在东篱下遇见它而已。近日来艺菊者往往过分溺爱，大量催肥，结果是每个枝头顶着一个大馒头，帘卷西风，花比人痴胖！这时候，谁还要为它写生？

我年事渐长，慢慢懂了一点道理，四君子并非是浪博虚名，确是各自有它的特色。梅，剪雪裁冰，一身傲骨；兰，空谷幽香，孤芳自赏；竹，筛风弄月，潇洒一生；菊，凌霜自得，不趋炎热。合而观之，有一共同点，都是清华其外，淡泊其中，不作媚世之态。画，不是纯技术的表现，画的里面有韵味，画的背后有个人。画家的胸襟风度不可避免地会流露在画面之上。我尝以为，唯有君子才能画四君子，才能恰如其分地表达出四君子的风骨。艺术，永远是人性的表现。唯有品格高超的人才能画出趣味高超的画。

刘延涛先生的《四君子图》，我认为实在是近年来罕见的精品，是四幅水墨画，不但画好，诗书也配合得好，看得出来是趁墨汁未干时就蘸着余墨题诗，一气呵成，墨色匀称。诗、书、画，浑然成为一体。四君子加上画家，应该是五君子了。画成于一九六三年、一九六四年间，我最初记得是在七友画展中见到的，印象极深。如今张在壁上，我乃能朝夕相对，令人翛然心远，俗虑顿消。画的题识是这样的：

最是傲霜菊亦残，更无雁字报平安，
少年意气消沉尽，自写梅花共岁寒。

故园清芬久寂寞，滋兰九畹不为多，
殷勤护得灵根旧，我欲飞投向汨罗。

高节临风夏亦寒，虚心阅世始能安，
于今渐悟修身法，日日砚前种万竿。

篱下寄居非得计，瓶中供养更堪哀，
何如大野友寒翠，迎接霜风次第开。

书法[1]

《颜氏家训》第十九:"草草书迹,微须留意。江南谚云:'尺牍书疏,千里面目也。'承晋宋余俗,相与事之,故无顿狼狈者。吾幼承门业,加性爱重,所见法书亦多,而玩习功夫颇至,遂不能佳者,良由无分故也。然而此艺不须过精。夫巧者劳而智者忧,常为人所役使,更觉为累。韦仲将遗戒,深有以也。……"

这一段话很有意思。颜之推教子弟留意书法,但无须过精,这就和他教子弟做官但不可做大官的意思一样,要合乎中庸之道,真不愧为"儒雅为业"的口吻。他说此艺不可过精,理由是怕为人役,他举了韦仲将的往事为戒。韦诞,字仲将,三国魏京人,工文善书,明帝时官侍中,凌云殿成,匠人一时

---

[1] 选自梁实秋著,《梁实秋作品精华本》,武汉:长江文艺出版社,2014年9月。

糊涂，榜未题字就挂上去了，乃命诞上去补写。用辘轳①引他上去，写完之后须发皆白。大概此人患有"高空恐怖症"，否则不至吓成那个样子。可谓艺高而胆不大。然人为书名所累，其事亦大可哀。

这样尴尬的事，现在不会再有。世人重名，不大懂得书的工拙。而有一些自以为能书者，不知藏拙，遇有机会题端书匾写市招，辄欣然应命。常在市肆间见擘窠大字，映入眼底，俨然名人墨迹，实则抛筋露骨，拘挛歪斜，如死蛇僵蚓，或是虚泡囊肿，近似墨猪，名副其实的献丑。

或谓毛笔式微，善书者将要绝迹。我不这样悲观。书法本来不是尽人能精的。自古以来，琴棋书画雅人深致，但是卓然成家者能有几人？而且善棋者未必都能琴，善画者未必皆精于书，艺有专长，难于兼擅。当今四五十岁一代，书法佳妙者亦尚颇有几位，或"驰驱笔阵""其腕似铁"，或大笔如椽，龙舞蛇飞。我都非常喜爱，雅不欲厚古薄今。精于书法者，半由功力，半由天分，不能强致。读书种子不绝，书法即不会中断。此事不能期望于大众，只能由少数天才维持于不坠。我幼时上学，提墨盒，捧砚台，描红模子，写九宫格，临碑帖，写

---

① 一种利用轮轴原理制成的起重工具，通常安在井上汲水。机械上的绞盘有的也叫辘轳。

白折子，颇吃了一阵苦头，但是不久，不知怎样的毛笔墨盒砚台都不见了，代之而兴的是墨水钢笔原子笔。本来写书信写稿子都是用毛笔的，一下子改用了钢笔原子笔。在我个人，现在用毛笔写字好像是介乎痛苦与快乐之间的一种活动。偶然拿起毛笔，顿时觉得往事如烟，似曾相识。而摇动笔杆，有如千钧之重，挥毫落纸，全然不听使唤，其笨拙不在"狗熊耍扁担"之下。在故宫博物院，看到名家书法，例如王羲之父子的真迹，如行云流水一般的萧散，"纤纤乎似初月之出天崖，落落乎犹众星之列河汉"，我痴痴地看，呆呆地看，我爱、我恨、我怨，爱古人书法之高妙，恨自己之不成材，怨上天对一般人赋予之吝啬。

虽然书法不是人尽能精，也不一定要人人都能用毛笔，最低限度传统写字的方法是应该尊重的。仓颉造字，我们却不能随便地以仓颉自居。简体字自古有之，不自今日始，但是简也有简的道理，而且是约定俗成，不是可以任意乱来的。草书有用，并且很美，但是也有一定的草法，章草、狂草都有一定的结构格局。于右任先生提倡的标准草书可谓集大成。书法常能表现一个人的性格风度，郑板桥的字怪，因为他人怪，我们欣赏他的字而不嫌其怪。他的诗书画融为一体，三绝其实只是一绝。蒋心余论板桥的几句诗："板桥作字如写兰，波磔奇古形翩翩。板桥写兰如作字，秀叶疏花见奇致。"他写竹也是如同作书。有板桥那样的情怀才能有那样的书画。有人看他写的"难得糊涂"四个大字便刻意模仿，居然把他的怪处模拟得有几分像是真的，这不仅是如东施之效颦，简直是如孙寿的龋齿笑，徒形其丑。孙过庭《书谱》说："初学分布，但求平正，既知平正，务追险绝，既能险绝，复归平正。"书家练过险绝的阶段还是归于平正的。初学的人求其分布平正，已经不易，不必一下手便出怪。我看见有些年轻人写字时常不守规矩，例如把"口"字一律写成为"厶"字，甚至"田"字、"国"字也不例外，一律写成为尖头怪胎。颜之推所说"尺牍书疏，千里面目"，像这样的面目直是面目可憎。

签字[1]

  一个人愿意怎样签他的名字，是纯属于他个人的事，他有充分自由，没有人能干涉他。不过也有一个起码的条件，他签字必须能令人认识，否则签字可能失去了意义，甚且带来不必要的烦扰。有一次，一个学校考试放榜前夕，因为弥封编号的关系，必须核对报名表以取得真实姓名，不料有一位考生在报名表上的签字如龙飞凤舞，又如春蚓秋蛇，又似鬼画符，非籀非篆，非行非草，大家传观，各作了不同的鉴定。有人说这样的考生必非善类，不取也罢。有人惜才，因为他考试的成绩很好。扰攘了半晌，有人出了高招，轻轻地揭下他的照片，看看照片背面的签字式是否可资比较。这一招，果然有分教，约略地看出了这位匠心独运的考生真实姓名。对于他的书法，大家都摇头。我没有追踪调查该生日后是否成了一位新潮派的画家或现代派的诗人。

---

[1] 选自梁实秋著，《雅舍小品》，北京：作家出版社，2019年1月。

支票上的签字可以任意勾画，而且无妨故出奇招，令人无从辨识，甚至像是一团乱麻，漆黑一团亦无不可，总之是要令人难以模仿。不过每次签字必须一致，涂鸦也好，墨猪也好，那猪那鸦必须永远是一个模式。在其他的场合就怕不能这样自由。有不相识的人写信给我，信的本身显示他很正常，但是他的正常没有维持到底，他的姓名我无法辨识，而信又有作复的必要。我无可奈何只好把他的签字式剪下来贴在复信的信封上，是否可以寄达我就不知道了。这位先生可能有一种误会，以为他的签字是任何读书识字的人所应该一看就懂的。

我们中国的字，由仓颉起，而甲骨、而钟鼎、而篆、而籀、而行、而草、而楷，变化多端，但是那变化是经过演化而约定俗成的。即使是草书，其中也有一定的标准写法，并不是每个人都可以潦草地任意大笔一挥。所以有所谓"标准草书"，草书也自有其一定的写法。从前小学颇重写字课，有些教师指定学生临写草书《千字文》，现在没有人肯干这种傻事了。翻看任何红白喜事的签到簿，其中总会有些令人啼笑皆非的签字式。有些画家完成巨构之后签名如画押。八大山人签字式很怪，有人说是略似"哭之笑之"，寓有隐痛。画不如八大者不得援例。

签字式最足以代表一个人的性格。王羲之的签字有几十种样式，万变不离其宗，一律的圆熟隽俏。看他的署名，不论是在笺头或是柬尾，一副翩翩的风致跃然纸上，他写的"之"字变化多端，都是摇曳生姿。世之学逸少书者多矣，没人能得其精髓，非太肥即太瘦，非太松即太紧，"羲之"二字即模仿不得。

有人沾染西俗，遇到新闻人物辄一拥而上，手持小簿，或临时撕扯的零张片楮，请求签名留念。其实那签字之后，下落多半不明，徒滋纷扰而已。我记得有一年，某省考试公费留学，某生成绩不恶，最后口试，他应答之后一时兴起，从衣袋里抽出小簿，请考试委员一一签名留念，主考者勃然大怒，予以斥退，遂至名落孙山。

雁塔题名好像是雅事，其实俗陋可哂。雁塔上题名者不仅是新进士，僧道庶士亦杂列其间。流风遗韵到今未已，凡属名胜，几乎到处都有某某到此一游的题记，甚至于用刀雕刻以期芳名垂诸久远。三代以下唯恐其不好名，不过名亦有善恶之别。我记得某家围墙新敷水泥，路过行人中不知哪一位逸兴遄飞，拾起一块石头或木棍之类，趁水泥湿软未干，以遒劲的笔法大书"王××"三个字。事隔二十余年，其题名犹未漫漶，可惜他的大名实在不雅。

听戏听戏，不是看戏[①]

从前在北平，大家都说听戏，不大说看戏。这一字之差，关系甚大。我们的旧戏究竟是以歌唱为主，所谓载歌载舞，那舞实在是比较的没有什么可看的。我从小就喜欢听戏，常看见有人坐在戏园子的边厢下面，靠着柱子，闭着眼睛，凝神危坐，微微地摇晃着脑袋，手在轻轻地敲着板眼，聚精会神地欣赏那台上的歌唱，遇到一声韵味十足的唱，便像是搔着了痒处一般，从丹田里吼出一声"好！"若是发现唱出了错，便毫不容情地来一声倒好。这是真正的观众，是他维系戏剧的水准于不坠。当然，他的眼睛也不是老闭着，有时也要睁开的。

生长在北平的人几乎没有不爱听戏的，我自然亦非例外。我起初是很怕进戏园子的，里面人太多太挤，座位太不舒服。记得清清楚楚，文明茶园是我常去的地方，全是窄窄的条凳，

[①] 选自梁实秋著，高旭东、宋庆宝编选，《梁实秋集》，广州：花城出版社，2008年4月。

窄窄的条桌，而并不面对舞台，要看台上的动作便要扭转脖子扭转腰。尤其是在夏天，大家都打赤膊，而我从小就没有光脊梁的习惯，觉得大庭广众之中赤身露体怪难为情，而你一经落座就有热心招待的茶房前来接衣服，给一个半劈的木牌子。这时节，你环顾四周，全是一扇一扇的肉屏风，不由你不随着大家而肉袒。前后左右都是肉，白皙皙的，黄澄澄的，黑黝黝的，置身其中如入肉林（那时候戏园里的客人全是男性，没有女性）。这虽颇富肉感，但绝不能给人以愉快。戏一演便是四五个钟头，中间如果想要如厕，需要在肉林中挤出一条出路，挤出之后那条路便翕然而阖，回来时需要重新另挤出一条进路。所以常视如厕如畏途，其实不是畏途，只有畏，没有途。

对戏园的环境并无须做太多的抱怨。任何样的环境，在当时当地，必有其存在的理由。戏园本称茶园，原是喝茶聊天的地方，台上的戏原是附带着的娱乐节目。乱哄哄的高谈阔论是无可厚非的。那原是三教九流呼朋唤友消遣娱乐之所在。孩子们到了戏园可以足吃，花生瓜子不必论，冰糖葫芦、酸梅汤、油糕、奶酪、豌豆黄……应有尽有。成年人的嘴也不闲着，条桌上摆着干鲜水果蒸食点心之类。卖吃食的小贩大声吆喝，穿梭似的挤来挤去，又受欢迎又讨厌。打热手巾把的茶房从一个角落把一卷手巾掷到另一角落，我还没看见过失手打了人家的头。特别爱好戏的一位朋友曾经表示，这是戏外之戏，那洒了花露水的手巾尽管是传染病的最有效的媒介，也还是不可或缺。

在这样的环境里听戏，岂不太苦？苦自管苦，却也乐在其中。放肆是我们中国固有的品德之一。在戏园里人人可以自由行动，吃，喝，谈话，吼叫，吸烟，吐痰，小儿哭啼，打喷嚏，打呵欠，揩脸，打赤膊，小规模的拌嘴、吵架、争座位，一概没有人干涉。在哪里可以找到这样安全的放肆的机会？看外国戏园观众之穿起大礼服肃静无哗，那简直是活受罪！我小时候进戏园，深感那是另一个世界，对于戏当然听不懂，只能欣赏丑戏武戏，打出手，递家伙，尤觉有趣。记得我最喜欢的是九阵风的戏如《百草山》《泗州城》之类，于是我也买了刀枪之类在家里和我哥哥大打出手，有一两招也居然练得不错。从三四张桌子上硬往下摔壳子的把戏，倒是没敢尝试。有一次模拟打棍出箱，范仲禹把鞋一甩落在头上的情景，我哥哥一时不慎，把一只大毛窝斜刺里踢在上房的玻璃窗上，哗啦一声，除了招致家里应有的责罚之外，还惊醒了我的萌芽中的戏瘾戏迷。后来年纪稍长，又复常常涉足戏园，正赶上一批优秀的演员在台上献技，如陈德琳、刘鸿升、龚云甫、德珺如、裘桂仙、梅兰芳、杨小楼、王长林、王凤卿、王瑶卿、余叔岩等等，我渐渐能欣赏唱戏的韵味了，觉得在那乱糟糟的环境之中熬上几个小时还是值得一付的代价，只要能听到一两段韵味十足的歌唱，便觉得那抑扬顿挫使人如醉如迷，使全身血液的流行都为之舒畅匀称。研究西洋音乐的朋友也许要说这是低级趣味。我没有话可以抗辩，我只能承认这就是我们人民的趣味，而且大家都很安于这种趣味。这样乱糟糟的环境，必须有相当良好的表演艺术才能控制住听众的注意力。前几出戏都照例的是无足观。等到好戏上场，名角一露面，场里立刻鸦雀无声，不知趣的"酪来酪"声会被嘘的。受半天罪，能听到一段回肠荡气的唱儿，就很值得，"余音绕梁，三日不绝"，确是真有那种感觉。

后来，不知怎么，老伶工一个个地凋谢了，换上来的是一批较年轻的角色，这时候有人喊着要改良戏剧，好像艺术是可以改良似的。我只知道一种艺术形式过了若干年便老了，衰了，死了，另外滋生一个新芽，却没料到一种艺术于成熟衰老之后还可以改良。首先改良的是开放女禁，这并没有可反对的，可是一有女客之后，戏里面的涉有猥亵的地方便大大删除了，在某种意义上有人认为这好像是个损失。台面改变了，由凸出的三面的立体式的台变成了画框式的台了，新剧本出现了，新腔也编出来了，新的服装道具一齐来了。有一次看尚小云演天河配，这位高头大马的演员穿着紧贴身的粉红色的内衣裤做裸体沐浴状，观众乐得直拍手，我说："完了，完了，观众也变了！"有什么样的观众就有什么样的戏。听戏的少了，看热闹的多了。

我很早就离开北平，与戏也就疏远了，但小时候还听过好戏，一提起老生心里就泛起余叔岩的影子，武生是杨小楼，老旦是龚云甫，青衣是王瑶卿、梅兰芳，小生是德珺如，刀马旦是九阵风，丑是王长林……有这种标准横亘在心里，便容易兴起"除却巫山不是云"之感。我常想，我们中国的戏剧就像毛笔字一样，提倡者自提倡，大势所趋，怕很难挽回昔日的光荣。时势异也！

辑五
生如芥子，心藏须弥：
人生是很值得玩味的

时间即是生命。我们的生命是一分一秒地在消耗着，我们平常不大觉得，细想起来实在值得警惕。我们每天有许多的零碎时间于不知不觉中浪费掉了。我们若能养成一种利用闲暇的习惯，一遇空闲，无论其为多么短暂，都利用之做一点有益身心之事，则积少成多终必有成。

年龄[1]

从前看人作序，或是题画，或是写匾，在署名的时候往往特别注明"时年七十有二""时年八十有五"或是"时年九十有三"，我就肃然起敬。春秋时人荣启期以为行年九十是人生一乐，我想拥有一大把年纪的人大概是有一种可以在人前夸耀的乐趣。只是当时我离那耄耋之年还差一大截子，不知自己何年何月才有资格在署名的时候也写上年龄。我揣想署名之际写上自己的年龄，那时心情必定是扬扬得意，好像是在宣告："小子们，你们这些黄口小儿，乳臭未干，虽然幸离襁褓，能否达到老夫这样的年龄恐怕尚未可知哩。"须知得意不可忘形，在夸示高龄的时候，未来的岁月已所余无几了。俗语有一句话说："棺材是装死人的，不是装老人的。"话是不错，不过你试把棺盖揭开看看，里面躺着的究竟是以老年人为多。年轻的人将来的岁月尚多，所以我们称他为富于年。人生

---

[1] 选自梁实秋著，《雅舍小品》，北京：作家出版社，2019年1月。

以年龄计算，多活一年即是少了一年，人到了年促之时，何可夸之有？我现在不复年轻，看人署名附带声明时年若干若干，不再有艳羡之情了。倒是看了富于年的英俊，有时不胜羡慕之至。

裸子植物和双子叶植物，其茎部的细胞因春夏成长秋冬停顿之故而形成所谓年轮，我们可以从而测知其年龄。人没有年轮，而且也不便横切开来察验。人年纪大了常自谦为马齿徒增，也没有人掰开他的嘴巴去看他的牙齿。眼角生出鱼尾纹，脸上遍洒黑斑点，都不一定是老朽的象征。头发的黑白更不足为凭。有人春秋鼎盛而已皓首皤皤，有人已到黄耇之年而顶上犹有"不白之冤"，这都是习见之事。不过，岁月不饶人，冒充少年究竟不是容易事。地心的吸力谁也抵抗不住。脸上、颈上、腰上、踝上，连皮带肉地往下坠，虽不至于"载跋其胡"，那副龙钟的样子是瞒不了人的。别的部分还可以遮盖起来，面部经常暴露在外，经过几番风雨，多少回风霜，总会留下一些痕迹。

好像有些女人对于脸上的情况较为敏感。眼窝底下挂着两个泡囊，其状实在不雅，必剔除其中的脂肪而后快。两颊松懈，一条条的沟痕直垂到脖子上，下巴底下更是一层层的皮肉堆累，那就只好开刀，把整张的脸皮揪扯上去，像"国剧"一些演员化妆那样，眉毛眼睛一齐上挑，两腮变得较为光滑平坦，皱纹似乎全不见了。此之谓美容、整容，俗称之为"拉皮"。行拉皮手术的人，都秘不告人，而且讳言其事。所以在饮宴席上，如有面无皱纹的年高名婆在座，不妨含混地称赞她驻颜有术，但是在点菜的时候不宜高声地要鸡丝拉皮。

其实自古以来也有不少男士热衷于驻颜。南朝宋颜延之《庭诰文》："炼形之家，必就深旷，友飞灵，糇丹石，粒精英，所以还年却老，延华驻采。"道家炼形养元，可以尸解升天，岂只延华驻采？这都是一些姑妄言之的神话。贵为天子的人才真的想要还年却老，千方百计地求那不老的仙丹。看来只有晋孝武帝比较通达事理，他饮酒举杯属长星（彗星）："长星，劝尔一杯酒，自古何时有万岁天子？"可是一般的天子或近似天子的人都喜欢听人高呼万岁无疆！

除了将要诹吉纳采交换庚帖之外，对于别人的真实年龄根本没有多加探讨的必要。但是我们的习俗，于请教"贵姓""大名""府上"之后，有时就会问起"贵庚""高寿"。有人问我多大年纪，我据实相告"七十八岁了"。他把我上下打量，摇摇头说："不像，不像，很健康的样子，顶多五十。"好像他比我自己知道得更清楚。那是言不由衷的恭维话，我知道，但是他有意无意地提醒了我刚忘记了的人生四苦。能不能不提年龄，说一些别的，如今天天气之类？

女人的年龄是一大禁忌，不许别人问的。有一位女士很旷达，人问其芳龄，她据实以告："三十以上，八十以下。"其实人的年龄不大容易隐秘，下一番考证功夫，就能找出线索，虽不中亦不远矣。这样做，除了满足好奇心以外，没有多少意义。可是人就是好奇。有一位男士在咖啡厅里邂逅一位女士，在暗暗的灯光之下他实在摸不清对方的年龄，他用臂肘触了我一下，偷偷地在桌下伸出一只巴掌，戟张着五指，低声问我有没有这个数目，我吓了一跳，以为他要借五万块钱，原来他是打听对方芳龄有无半百。我用四个字回答他："干卿底事？"有一位道行很高的和尚，涅槃的时候据说有一百好几十岁，考证起来聚讼纷纷。据我看，估量女士的年龄不妨从宽，七折八折优待。计算高僧的年龄也不妨从宽，多加三成五成。

人到了迟暮，如石火风灯，命在须臾，但是仍不喜欢别人预言他的大限。丘吉尔八十岁过生日，一位冒失的新闻记者有意讨好地说："丘吉尔先生，我今天非常高兴，希望我能再来参加你的九十岁的生日宴。"丘吉尔耸了一下眉毛说："小伙子，我看你身体满健康的，没有理由不能来参加我九十岁的宴会。"胡适之先生素来善于言词，有时也不免说溜了嘴，他六十八岁时候来台湾，在一次欢宴中遇到长他十几岁的齐如山先生，没话找话地说："齐先生，我看你活到九十岁绝无问题。"齐先生愣了一下说："我倒有个故事，有一位矍铄老叟，人家恭维他可以活到一百岁，愤然作色曰：'我又不吃你的饭，你为什么限制我的寿数？'"胡先生急忙道歉："我说错了话。"

敬老[①]

重九那一天，报纸上嚷嚷说要敬老。我记得前几年敬老还有仪式，许多七老八十的人被邀请到大会堂，于敬聆官长致词之后，各得大碗面一碗，呼噜呼噜地当众表演吃面。在某一年，其中有某一位老者，不知是临面欢忻兴奋过度，还是饥火烧肠奋不顾身，竟白眼一翻当场噎死。从此敬老之面因噎废食，改为亲民之官致送礼品。根据《礼记·曲礼》，"七十曰老"，我们这个市里七十以上的达一万七千多位，所以市长纡尊降贵亲自登门送礼致敬的则限于年在百龄以上之人瑞，所以表示殊荣。

重九很快地过去，报纸忙着嚷嚷别的节日，谁还能天天敬老？一年一度，适可而止。敬老之事我已淡忘，有一天里干事先生亲自骑着脚踏车送来纸匣装着的饭碗一对，说明这是赠给

---

① 选自梁实秋著，《雅舍小品》，北京：北京联合出版公司，2014年12月。

拙荆的，不错，她今年七十，我还不够资格，我须到明年才能领受饭碗。我接过纸匣。手上并不觉得沉甸甸，知非金碗，当即放心收下。里干事先生掉头而去，我看他脚踏车上后面一大纸箱，里面至少有几十匣饭碗。

这一对饭碗，白白净净，光光溜溜，碗口好像微有起伏不平之状，碗底有英文字样，细辨之则为Chilong China，显然是准备外销或已外销而又被退回的国货。是国货我就喜欢。碗上有两丛兰花，像郑思肖画的露根兰花——不，不是兰花，是稻谷，所谓嘉禾。碗上朱笔写着"五十九年老人节纪念，台北市长高玉树敬赠"。我把玩了一阵，实在舍不得天天捧着使用，只好放在柜橱里什袭藏之。

饭碗当然是以纯金制者为最有分量，但是瓷质饭碗也就足够成为吉祥的象征。民以食为天，人最怕的就是没有饭吃，尤其是怕老来没有饭吃。饭碗是吃饭的家伙，先有了饭碗然后才可以进一步往里面装饭。若能把两碗饭装在一只碗里，高高的，凸凸的，吃起来碰鼻头，四川人所谓的"帽儿头"，那是人生最高境界。即或碗内常空，或只能装到几分满，令人吃不饱饿不死，也能给人带来一份职业清高的美誉。多少人栖栖皇皇地找饭碗，多少人蝇营狗苟地谋求饭碗，又有多少人战战兢兢地唯恐打破饭碗！

老年饱经世变,与人无争,只希望平平安安地有碗饭吃,就心满意足,所以在这时节送上饭碗一对,实在等于是善颂善祷,努力加飱饭,适合国情之至。

敬老尊贤四个字是常连用的,其实老未必皆贤,老而不死者比比皆是,贤亦未必皆老,不幸短命死矣的人亦实繁有徒,唯有老而且贤,贤而且老,才真值得受人尊敬。

这种事,大家都宁愿睁一眼闭一眼,不欲苦追求。

百龄人瑞,年年有人拜访,叩问的大率是养生之术,不及其他。可以说是纯敬老。

退休[1]

  退休的制度，我们古已有之。《礼记·曲礼》："大夫七十而致事。"致事就是致仕，言致其所掌之事于君而告老，也就是我们如今所谓的退休。礼，应该遵守，不过也有人觉得未尝不可不遵守。"礼岂为我辈设哉？"尤其是七十的人，随心所欲不逾矩，好像是大可为所欲为。普通七十的人，多少总有些昏聩，不过也有不少得天独厚的幸运儿，耄耋之年依然矍铄，犹能开会剪彩，必欲令其退休，未免有违笃念勋耆之至意。年轻的一辈，劝你们少安毋躁，棒子早晚会交出来，不要抱怨"我在，久压公等"也。

  该退休而不退休。这种风气好像我们也是古已有之。白居易有一首诗《不致仕》：

---

[1] 选自梁实秋著，《雅舍小品》，贵阳：贵州人民出版社，2020年5月。

> 七十而致仕，礼法有明文。
> 何乃贪荣者，斯言如不闻？
> 可怜八九十，齿堕双眸昏。
> 朝露贪名利，夕阳忧子孙。
> 挂冠顾翠緌，悬车惜朱轮。
> 金章腰不胜，伛偻入君门。
> 谁不爱富贵？谁不恋君恩？
> 年高须告老，名遂合退身。
> 少时共嗤诮，晚岁多因循。
> 贤哉汉二疏，彼独是何人？
> 寂寞东门路，无人继去尘！

汉朝的疏广及其兄子疏受位至太子太傅少傅，同时致仕，当时的"公卿大夫故人邑子，设祖道供张东都门外，送者车数百辆。辞决而去。道路观者皆曰：'贤哉二大夫！'或叹息为之下泣"。这就是白居易所谓的"汉二疏"。乞骸骨居然造成这样的轰动，可见这不是常见的事，常见的是"伛偻入君门"的"爱富贵""恋君恩"的人。白居易"无人继去尘"之叹，也说明了二疏的故事以后没有重演过。

从前读书人十载寒窗，所指望的就是有一朝能春风得意，纡青拖紫，那时节踌躇满志，纵然案牍劳形，以至于龙钟老朽，仍难免有恋栈之情，谁舍得随随便便地就挂冠悬车？真正老骥伏枥、志在千里的人是少而又少的，大部分还不是舍不得放弃那五斗米、千钟禄、万石食？无官一身轻的道理是人人知道的，但是身轻之后，囊橐也跟着要轻，那就诸多不便了。何况一旦投闲置散，一呼百诺的烜赫的声势固然不可复得，甚至于进入了"出无车"的状态，变成了匹夫徒步之士，在街头巷尾低着头逡巡疾走不敢见人，那情形有多么惨。一向由庶务人员自动供应的冬季炭盆所需的白炭，四时陈设的花卉盆景，乃至于琐屑如卫生纸，不消说都要突告来源断绝，那又情何以堪？所以一个人要想致仕，不能不三思，三思之后恐怕还是一动不如一静了。

如今退休制度不限于仕宦一途，坐拥皋比的人到了粉笔屑快要塞满他的气管的时候也要引退。不一定是怕他春风风人之际忽然一口气上不来，是要他腾出位子给别人尝尝人之患的滋味。在一般人心目中，冷板凳本来没有什么可留恋的，平素吃不饱饿不死，但是申请退休的人一旦公开表明要撤绛帐，他的亲戚朋友又会一窝蜂地皇皇然、戚戚然，几乎要垂泣而道地劝告说他："何必退休？你的头发还没有白多少，你的脊背还没有弯，你的两手也不哆嗦，你的两脚也还能走路……"言外之意好像是等到你头发全部雪白，腰弯得像是"？"一样，患上了帕金森症，走路就地擦，那时候再申请退休也还不迟。是的，是有人到了易箦①之际，朋友们才急急忙忙地为他赶办退休手续，生怕公文尚在旅行而他老先生沉不住气，弄到无休可退，那就只好鼎惠恳辞②了。更有一些知心的抱有远见的朋友，会慷慨陈词："千万不可退休，退休之后的生活是一片空虚，那时候闲居无聊，闷得发慌，终日彷徨，悒悒寡欢。"把退休后生活形容得如此凄凉，不是没有原因的，因为平素上班是以"喝喝茶，签签到，聊聊天，看看报"为主，一旦失去喝茶签到聊天看报的场所，那是会要感觉无比的枯寂的。

理想的退休生活就是真正的退休，完全摆脱赖以糊口的职务，做自己衷心所愿意做的事。有人八十岁才开始学画，也有人五十岁才开始写小说，都有惊人的成就。"狗永远不会老得到了不能学新把戏的地步。"何以人而不如狗乎？退休不一定要远离尘嚣，遁迹山林；也无须大隐藏人海，杜门谢客——一个人真正地退休之后，门前自然车马稀。如果已经退休的人而还偶然被认为有剩余价值，那就苦了。

---

① 本意为更换床席，指人将死。箦，音同责，指华贵的竹席。曾子临终时，因竹席为季孙所赐，自己没有当过大夫，使用大夫所用的竹席不合礼制，所以嘱咐家人换席，家人将其扶起来，更换席子后，曾子还没躺好就去世了。典出《礼记·檀弓上》。后比喻人之将死。
② 恳切辞谢厚重的礼物。

代沟[1]

　　代沟是翻译过来的一个比较新的名词,但这个东西是我们古已有之的。自从人有老少之分,老一代与少一代之间就有一道沟,可能是难以飞渡的深沟天堑,也可能是一步迈过的小浃阴沟,总之是其间有个界限。沟这边的人看沟那边的人不顺眼,沟那边的人看沟这边的人不像话,也许吹胡子瞪眼,也许拍桌子卷袖子,也许口出恶声,也许真个地闹出命案,看双方的气质和修养而定。

　　《尚书·无逸》:"相小人,厥父母勤劳稼穑,厥子乃不知稼穑之艰难,乃逸乃谚既诞。否则侮厥父母曰:'昔之人,无闻知。'"这几句话很生动,大概是我们最古的代沟之说的一个例证。大意是说:请看一般小民,做父母的辛苦耕稼,年轻一代不知生活艰难,只知享受放荡,再不就是张口顶撞父母

---

[1] 选自梁实秋著,《雅舍小品》,北京:作家出版社,2019年1月。

说：“你们这些落伍的人，根本不懂事！”活画出一条沟的两边的人对峙的心理。小孩子嘛，总是贪玩。好逸恶劳，人之天性。只有饱尝艰苦的人，才知道以无逸为戒。做父母的人当初也是少不更事的孩子，代代相仍，历史重演。一代留下一沟，像树身上的年轮一般。

虽说一代一沟，腌臜的情形难免，然大体上相安无事。这就是因为有所谓传统者，把人的某一些观念胶着在一套固定的范畴里。"不以规矩不能成方圆"，大家都守规矩，尤其是年轻的一代。"鞋大鞋小，别走了样子！"小的一代自然不免要憋一肚皮委屈，但是，别忙，"多年的媳妇熬成婆，多年的道路走成河"，转眼间黄口小儿变成了鲐背耇老，又轮到自己唉声叹气，抱怨一肚皮不合时宜了。

我记得我小的时候，早起要跟着姊姊哥哥排队到上房给祖父母请安，像早朝一样的肃穆而紧张，在大柜前面两张二人凳上并排坐下，腿短不能触地，往往甩腿，这是犯大忌的，虽然我始终不知是犯了什么忌。祖父母的眼睛瞪得圆圆的，手指着我们的前后摆动的小腿说："怎么，一点样子都没有！"吓得我们的小腿立刻停摆，我的母亲觉得很没有面子，回到房里着实地数落了我们一番。祖孙之间隔着两条沟，心理上的隔阂如何得免？当时我心里纳闷，我甩腿，干卿底事。我十岁的时候,进了陶氏学堂,领到一身体操时穿的白帆布制服,有亮晶晶的铜纽扣,裤边还镶贴两条红带,现在回想起来有点滑稽,好像是卖仁丹游街宣传的乐队,那时却扬扬自得,满心欢喜地回家,没想到赢得的是一头雾水,"好呀!我还没死,就先穿起孝衣来了!"我触了白色的禁忌。出殡的时候,灵前是有两排穿白衣的"孝男儿",口里模仿号丧的哇哇叫。此后每逢体操课后回家,先在门洞脱衣,换上长褂,卷起裤筒。稍后,我进了清华,看见有人穿白帆布橡皮底的网球鞋,心羡不已,于是也从天津邮购了一双,但是始终没敢穿了回家。只求平安少生事,莫在代沟之内起风波。

大家庭制度下,公婆儿媳之间的代沟是最鲜明也最凄惨的。儿子自外归来,不能一头扎进闺房,那样做不但公婆瞪眼,所有的人都要竖起眉毛。他一定要先到上房请安,说说笑笑好一大阵,然后公婆(多半是婆)开恩发话:"你回屋里歇歇去吧。"儿子奉旨回到阃闱。媳妇不能随后跟进,还要在公婆面前周旋一下,然后公婆再度开恩:"你也去吧。"媳妇才能走,慢慢地走。如果媳妇正在院里浣洗衣服,儿子过去帮一下忙,到后院井里用柳罐汲取一两桶水,送过去备用,结果也会招致一顿长辈的唾骂:"你走开,这不是你做的事。"我记得半个多世纪以前,有一对大家庭中的小夫妻,十分的恩爱,夫暴病死,妻觉得在那样家庭中了无生趣,竟服毒以殉。殡殓后，追悼之日政府颁赠匾额曰："彤管扬芬"，女家致送的白布横批曰："看我门楣"！我们可以听得见代沟的冤魂哭泣，虽然代沟另一边的人还在逞强。

以上说的是六七十年前的事。代沟中有小风波，但没有大泛滥。张公艺九代同居，靠了一百多个忍字。其实九代之间就有八条沟，沟下有沟，一代压一代，那一百多个忍字还不是一面倒，多半由下面一代承当？古有明训，能忍自安。

五四运动实乃一大变局。新一代的人要造反，不再忍了。有人要"整理国故"，管他什么三坟五典八索九丘，都要揪出来重新交付审判。礼教被控吃人，孔家店遭受捣毁的威胁，世世代代留下来的沟要彻底翻腾一下，这下子可把旧一代的人吓坏了。有人提倡读经，有人竭力卫道，但是不是远水不救近火，便是只手难挽狂澜。代沟总崩溃，新一代的人如脱缰之马，一直旁出斜逸奔放驰骤到如今。旧一代的人则按照自然法则一批一批地凋谢，填入时代的沟壑。

代沟虽然永久存在，不过其现象可能随时变化。人生的麻烦事，千端万绪，要言之，不外财色两项。关于钱财，年长的一辈多少有一点吝啬的倾向。吝啬并不一定全是缺点。"称财多寡而节用之，富无金藏，贫不假贷，谓之啬。积多不能分人，而厚自养，谓之吝。不能分人，又不能自养，谓之爱。"这是《晏子春秋》的说法。所谓爱，就是守财奴。是有人好像是把孔方兄一个个地穿挂在他的肋骨上，取下一个都是血丝糊拉的。英文俚语，勉强拿出一块钱，叫作"咳出一块钱"，大概也是表示钱是深藏于肺腑，需要用力咳才能跳出来。年轻一代看了这种情形，老大地不以为然，心里想："这真是'昔之人，无闻知'，有钱不用，害得大家受苦，忘记了'一个钱也带不了棺材里去'。"心里有这样的愤懑蕴积，有时候就要发泄。所以，曾经有一个儿子向父亲要五十元零用钱，其父靳而不予，由冷言恶语而拖拖拉拉，儿子比较身手矫健，一把揪住父亲的领带，（唉，领带真误事）领带越揪越紧，父亲一口气上不来，一翻白眼，死了。这件案子，按理应剐，基于"心神丧失"的理由，没有剐，在代沟的历史里留下一个悲惨的记录。

人到成年，嘤嘤求偶，这时节不但自己着急，家长更是担心，可是所谓代沟出现了，一方面说这是我的事，你少管，另一方面说传宗接代的大事如何能不过问。一个人究竟是姣好还是寝陋，是端庄还是阴鸷，本来难有定评。"看那样子，长头发、牛仔裤、嬉游浪荡、好吃懒做，大概不是善类。""爬山、露营、打球、跳舞，都是青年的娱乐，难道要我们天天匀出工夫来晨昏定省，膝下承欢？"南辕北辙，越说越远。其实

"养儿防老""我养你小,你养我老"的观念,现代的人大部分早已不再坚持。羽毛既丰,各奔前程,上下两代能保持朋友一般的关系,可疏可密,岁时存问,相待以礼,岂不甚妙?谁也无须剑拔弩张,放任自己,而诿过于代沟。沟是死的,人是活的!代沟需要沟通,不能像希腊神话中的亚历山大以利剑砍难解之绳结那样容易的一刀两断,因为人终归是人。

健忘[①]

是爱迪生吧？他一手持蛋，一手持表，准备把蛋下锅煮五分钟，但是他心里想的是一桩发明，竟把表投在锅里，两眼盯着那个蛋。

是牛顿吧？专心做一项实验，忘了吃摆在桌上的一餐饭。有人故意戏弄他，把那一盘菜肴换为一盘吃剩的骨头。他饿极了，走过去吃，看到盘里的骨头叹口气说："我真糊涂，我已经吃过了。"

这两件事其实都不能算是健忘，都是因为心有所旁骛，心不在焉而已。废寝忘餐的事例，古今中外尽多的是。真正患健忘症的，多半是上了年纪的人。小小的脑壳，里面能装进多少东西？从五六岁记事的时候起，脑子里就开始储藏这花花世

[①] 选自梁实秋著，《雅舍小品》，北京：作家出版社，2019年1月。

界的种种印象，牙牙学语之后，不久又"念、背、打"，打进去无数的诗云、子曰，说不定还要硬塞进去一套ABCD，脑海已经填得差不多，大量的什么三角儿、理化、中外史地之类又猛灌而入，一直到了成年，脑子还是不得轻闲，做事上班、养家糊口，无穷无尽的阘茸①事由需要记挂，脑子里挤得密不通风，天长日久，老态荐臻，脑子里怎能不生锈发霉而记忆开始模糊？

人老了，常易忘记人的姓名。大概谁都有过这样的经验：蓦地途遇半生不熟的一个人，握手言欢老半天，就是想不起他的姓名，也不好意思问他尊姓大名，这情形好尴尬，也许事后于无意中他的姓名猛然间涌现出来，若不及时记载下来，恐怕随后又忘到九霄云外。人在尚未饮忘川之水的时候，脑子里就已开始了清仓的活动。范成大诗："僚旧姓名多健忘，家人长短总佯聋。"僚旧那么多，有几个能令人长相忆？即使记得他相貌特征，他的姓名也早已模糊了，倒是他的绰号有时可能还记得。

不过也有些事是终生难忘的，白居易所谓"老来多健忘，惟不忘相思"。当然相思的对象可能因人而异。大概初恋的滋

---

① 意为卑贱、低劣。阘，音同踏，小户，引申为卑下；茸，细毛，引申为低微、卑微。

味是永远难忘的,两团爱凑在一起,迸然爆出了火花,那一段惊心动魄的感受,任何人都会珍藏在他和她的记忆里,忘不了,忘不了。"春风得意马蹄疾"的得意事,不容易忘怀,而且唯恐大家不知道。沮丧、窝囊、羞耻、失败的不如意事也不容易忘,只是捂捂盖盖地不愿意一再地抖搂出来。

忘不一定是坏事。能主动地彻底地忘,需要上乘的功夫才办得到。《孔子家语》:"哀公问于孔子曰:'寡人闻忘之甚者,徙而忘其妻,有诸?'孔子曰:'此犹未甚者也。甚者乃忘其身。'"徙而忘其妻,不足为训,但是忘其身则颇有道行。人之大患在于有身,能忘其身即是到了忘我的境界。常听人说,忘恩负义乃是最令人难堪的事之一。莎士比亚有这样的插曲——

> 吹,吹,冬天的风,
> 你不似人间的忘恩负义
> 那样的伤天害理;
> 你的牙不是那样的尖,
> 因为你本是没有形迹,
> 虽然你的呼吸甚厉……
> 冻,冻,严酷的天,
> 你不似人间的负义忘恩

那般的深刻伤人；

虽然你能改变水性，

你的尖刺却不够凶，

像那不念旧交的人。……

其实施恩示义的一方，若是根本忘怀其事，不在心里留下任何痕迹，则对方根本也就像是无恩可忘无义可负了。所以崔瑗座右铭有"施人慎勿念，受施慎勿忘"之语。玛克斯·奥瑞利阿斯①说："我们遇到忘恩负义的人不要惊讶，因为世界上就是有这样的一种人。"这种见怪不怪的说法，虽然洒脱，仍嫌执着，不是最上乘义。《列子·周穆王》篇有一段较为透彻的见解：

宋阳里华子，中年病忘。朝取而夕忘，夕与而朝忘；在途则忘行，在室则忘坐；今不识先，后不识今。阖家苦之。巫医皆束手无策。鲁有儒生自媒能治之。华子之妻以所蓄资财之半求其治疗之方。儒生曰："此非祈祷药石所能治。吾试化导其心情，改变其思虑，或可愈乎？"于是试露之，而求衣；饥之，而求食；幽之，而求明。儒生欣然告其子曰："疾可除也，然吾之方秘密传授，不以告

---

① 今译马可·奥勒留（121—180），古罗马帝国皇帝，也是晚期斯多葛学派代表人物之一，著有《沉思录》。

人。试屏左右,我一人与病者同室为之施术七日。"从之。不知其所用何术,而多年之疾一旦尽除。华子既悟,乃大怒,处罚妻子,操戈逐儒生。宋人止之,问其故。华子曰:"曩吾忘也,荡荡然不觉天地之有无。今顿识既往,数十年来存亡得失、哀乐好恶,扰扰万绪起矣。吾恐将来之存亡得失、哀乐好恶之乱吾心如此也。须臾之忘,可复得乎?"子贡闻而怪之。孔子曰:"此非汝所及也。"

人而健忘,自有诸多不便处。有人曾打电话给朋友,询问自己家里的电话号码。也有人外出餐叙,餐毕回家而忘了自家的住址,在街头徘徊四顾,幸而遇到仁人君子送他回去。更严重的是有人忘记自己是谁,自己的姓名、住址一概不知,真所谓物我两忘,结果只好被人送进警局招领。像华子所向往的那种"荡荡然不觉天地之有无"的境界,我们若能偶然体验一下,未尝不可;若是长久的那样精进而不退转,则与植物无大差异,给人带来的烦扰未免太大了。

勤[①]

勤，劳也。无论劳心劳力，竭尽所能黾勉从事，就叫作勤。各行各业，凡是勤奋不怠者必定有所成就，出人头地。即使是出家和尚，息迹岩穴，徜徉于山水之间，勘破红尘，与世无争，他们也自有一番精进的功夫要做，于读经礼拜之外还要勤行善法不自放逸。且举两个实例：

一个是唐朝开元间的百丈怀海禅师，亲近马祖时得传心印，精勤不休。他制定了"百丈清规"，他自己笃实奉行，"一日不作，一日不食"。一面修行，一面劳作。"出坡"的时候，他躬先领导以为表率。他到了暮年仍然照常操作，弟子们于心不忍，偷偷地把他的农作工具藏匿起来。禅师找不到工具，那一天没有工作，但是那一天他也就真个地没有吃东西。他的刻苦的精神感动了不少的人。

---

① 选自梁实秋著，《梁实秋散文集》，南京：南京出版社，2018年10月。

另一个是清初的以山水画著名的石谿和尚。请看他自题《溪山无尽图》:"大凡天地生人,宜清勤自持,不可懒惰。若当得个懒字,便是懒汉,终无用处……残衲住牛首山房,朝夕焚诵,稍余一刻,必登山选胜,一有所得,随笔作山水数幅或字一段,总之不放闲过。所谓静生动,动必作出一番事业。端教一个人立于天地间无愧。若忽忽不知,懒而不觉,何异草木?"人而不勤,无异草木,这句话沉痛极了。过饱食终日无所用心的生活,英文叫作vegetate,义为过植物的生活。中外的想法不谋而合。

勤的反面是懒。早晨躺在床上睡懒觉,起得床来仍是懒洋洋的不事整洁,能拖到明天做的事今天不做,能推给别人做的事自己不做,不懂的事情不想懂,不会做的事不想学,无意把事情做得更好,无意把成果扩展得更多,耽好逸乐,四体不勤,念念不忘的是如何过周末如何度假期。这是一个标准懒汉的写照。

恶劳好逸,人之常情。就因为这就是人之常情,人才需要鞭策自己。勤能补拙,勤能损欲,这还是消极的说法,勤的积极意义是要人进德修业,不但不同于草木,也有异于禽兽,成为名副其实的万物之灵。

穷[1]

人生下来就是穷的，除了带来一口奶之外，赤条条的，一无所有，谁手里也没有握着两个钱。在稍稍长大一点，阶级渐渐显露，有的是金枝玉叶，有的是"杂和面口袋"。但是就大体而论，还是泥巴里打滚袖口上抹鼻涕的居多。儿童玩具本是少得可怜，而大概其中总还免不了一具"扑满"，瓦做的，像是陶器时代的出品，大的小的挂绿釉的都有，间或也有形如保险箱，有铁制的，这种玩具的用意就是警告孩子们，有钱要积蓄起来，免得在饥荒的时候受穷，穷的阴影在这时候就已罩住了我们！好容易过年赚来几块压岁钱，都被骗弄丢在里面了，丢进去就后悔，想从缝里倒出是万难，用小刀拨也是枉然。积蓄是稍微有一点，穷还是穷。而且事实证明，凡是积在扑满里的钱，除了自己早早下手摔破的以外，大概后来就不知怎样就没有了，很少能在日后发生什么救苦救难的功效。等到再稍稍

---

[1] 选自梁实秋著，《雅舍小品》，北京：作家出版社，2019年1月。

长大一点，用钱的欲望更大，看见什么都要流涎，手里偏偏是空空如也，那时候真想来一个十月革命。就是富家子也是一样，尽管是绮襦纨绔，他还是恨继承开始太晚。这时候他最感觉穷，虽然他还没认识穷。人在成年之后，开始面对着糊口问题，不但糊自己的口，还要糊附属人员的口，如果脸皮欠厚心地欠薄，再加上祖上是"忠厚传家诗书继世"的话，他这一生就休想能离开穷的掌握，人的一生，就是和穷挣扎的历史。和穷挣扎的一生，无论胜利或失败，都是惨。能不和穷挣扎，或于挣扎之余还有点闲工夫做些别的事，那人是有福了。

所谓穷，也是比较而言。有人天天喊穷，不是今天透支，就是明天举债，数目大得都惊人，然后指着身上衣服的一块补绽或是皮鞋上的一条小小裂缝作为他穷的铁证。这是寓阔于穷，文章中的反衬法。也有人量入为出，温饱无虞，可是又担心他的孩子将来自费留学的经费没有着落，于是于自我麻醉中陷入于穷的心理状态。若是西装裤的后方越磨越薄，由薄而破，由破而织，由织而补上一大块布，细针密缝，老远地看上去像是一个圆圆的箭靶，（说也奇怪，人穷是先从裤子破起！）那么，这个人可是真有些近于穷了。但是也不然，穷无止境。"大雪纷纷落，我往柴火垛，看你们穷人怎么过！"穷人眼里还有更穷的人。

穷也有好处。在优裕环境里生活着的人，外加的装饰与铺排太多，可以把他的本来面目掩没无遗，不但别人认不清他真的面目，往往对他发生误会（多半往好的方面误会），就是自己也容易忘记自己是谁。穷人则不然，他的褴褛的衣裳等于是开着许多窗户，可以令人窥见他的内容，他的荜门蓬户，尽管是穷气冒三尺，却容易令人发现里面有一个人。人越穷，越靠他本身的成色，其中毫无夹带藏掖。人穷还可落个清闲，既少"车马驻江干"，更不会有人来求谋事，讣闻请柬都不会常常上门，他的时间是他自己的。穷人的心是赤裸的，和别的穷人之间没有隔阂，所以穷人才最慷慨。金错囊中所余无几，买房置地都不够，反正是吃不饱饿不死，落得来个爽快，求片刻的快意。此之谓"穷大手"。我们看见过富家弟兄析产的时候把一张八仙桌子劈开成两半，不曾看见两个穷人抢食半盂残羹剩饭。

穷时受人白眼是件常事，狗不也是专爱对着鹑衣百结的人汪汪吗？人穷则颈易缩，肩易耸，头易垂，须发许是特别长得快，擦着墙边逡巡而过，不是贼也像是贼。以这种姿态出现，到处受窘。所以人穷则往往自然地有一种抵抗力出现，是名曰：酸。穷一经酸化，便不复是怕见人的东西。别看我衣履不整，我本来不以衣履见长！人和衣服架子本来是应该有分别的。别看我囊中羞涩，我有所不取；别看我落魄无聊，我有所不为。这样一想，一股浩然之气火辣辣地从丹田升起，腰板自然挺直，胸膛自然凸出，徘徊啸傲，无往不宜。在别人的眼里，他是一块茅厕砖——臭而且硬，可是，人穷而不志短者以此，布衣之士而可以傲王侯者亦以此，所以穷酸亦不可厚非，他不得不如此。穷若没有酸支持着，它不能持久。

扬雄有逐贫之赋，韩愈有送穷之文，理直气壮地要与贫穷绝缘，反倒被穷鬼说服，改容谢过肃之上座，这也是酸极一种变化。贫而能逐，穷而能送，何乐而不为？逐也逐不掉，送也送不走，只好硬着头皮甘与穷鬼为伍。穷不是罪过，但也究竟不是美德，值不得夸耀，更不足以傲人。典型的穷人该是颜回，一箪食，一瓢饮，在陋巷，不改其乐。不改其乐当然是很好，箪食瓢饮究竟不大好，营养不足，所以颜回活到三十二岁短命死矣。孔子所说"饭疏食饮水，曲肱而枕之，乐亦在其中矣"。譬喻则可，当真如此就嫌其不大卫生。

谈友谊[1]

朋友居五伦之末,其实朋友是极重要的一伦。所谓友谊实即人与人之间的一种良好的关系,其中包括了解、欣赏、信任、容忍、牺牲……诸多美德。如果以友谊做基础,则其他的各种关系如父子夫妇兄弟之类均可圆满地建立起来。当然父子兄弟是无可选择的永久关系,夫妇虽有选择余地,但一经结合便以不再仳离为原则,而朋友则是有聚有散可合可分的。不过,说穿了,父子夫妇兄弟都是朋友关系,不过形式性质稍有不同罢了。严格地讲,凡是充分具备一个好朋友的条件的人,他一定也是一个好父亲、好儿子、好丈夫、好妻子、好哥哥、好弟弟。反过来亦然。

我们的古圣先贤对于交友一端是甚为注重的。《论语》里面关于交友的话很多。在西方亦是如此。罗马的西塞罗有一篇著

---

[1] 选自梁实秋著,《雅舍杂文》,武汉:武汉出版社,2013年8月。

名的《论友谊》。法国的蒙田、英国的培根、美国的爱默生,都有论友谊的文章。我觉得近代的作家在这个题目上似乎不大肯费笔墨了。这是不是叔季之世友谊没落的象征呢?我不敢说。

古之所谓"刎颈交",陈义过高,非常人所能企及。如Damon与Pythias,David与Jonathan,怕也只是传说中的美谈吧。就是把友谊的标准降低一些,真正能称得起朋友的还是很难得。试想一想,如有银钱经手的事,你信得过的朋友能有几人?在你蹭蹬失意或疾病患难之中还肯登门拜访乃至雪中送炭的朋友又有几人?你出门在外之际对于你的妻室弱媳肯加照顾而又不照顾得太多者又有几人?再退一步,平素投桃报李,莫逆于心,能维持长久于不坠者,又有几人?总角之交,如无特别利害关系以为维系,恐怕很难在若干年后不变成为路人。富兰克林说:"有三个朋友是最忠实可靠的——老妻、老狗和现款。"妙的是这三个朋友都不是朋友。倒是亚里士多德的一句话最干脆:"我的朋友们啊!世界上根本没有朋友。"这句话近于愤世嫉俗,事实上世界里还是有朋友的,不过虽然无须打着灯笼去找,却是像沙里淘金而且还需要长时间的洗炼。一旦真铸成了友谊,便会金石同坚,永不退转。

大抵物以类聚,人以群分。臭味相投,方能永以为好。交朋友也讲究门当户对,纵不必像九品中正那么严格,也自然有个界线。"同学少年多不贱，五陵裘马自轻肥"，于"自轻肥"之余还能对着往日的旧游而不把眼睛移到眉毛上边去吗？汉光武帝容许严子陵把他的大腿压在自己的肚子上，固然是雅量可风，但是严子陵之毅然决然地归隐于富春山，则尤为知趣。朱洪武写信给他的一位朋友说："朱元璋做了皇帝，朱元璋还是朱元璋……"话自管说得很漂亮，看看他后来之诛戮功臣，也就不免令人心悸。人的身心构造原是一样的，但是一入宦途，可能发生突变。孔子说："无友不如己者。"我想一来只是指品学而言，二来只是说不要结交比自己坏的，并没有说一定要我们去高攀。友谊需要两造，假如双方都想结交比自己好的，那就永远交不起来。

好像是王尔德说过，"一个男人与一个女人之间是不可能有友谊存在的"。就一般而论，这话是对的，因为男女之间如有深厚的友谊，那友谊容易变质，如果不是心心相印，那又算不得是友谊。过犹不及，那分际是很难以把握的。忘年交倒是可能的。祢衡年未二十，孔融年已五十，便相交友，这样的例子史不绝书，但似乎以同性为限。并且以我所知，忘年交之形成固有赖于兴趣之相近与互相之器赏，但年长的一方面多少需要保持一点童心，年幼的一方面多少需要显着几分老成。老气横秋则令人望而生畏，轻薄儇佻则人且避之若浼。单身的人容易交朋友，因为他的情感无所寄托，漂泊流离之中最需要一个一倾积愫的对象，可是等到他有红袖添香稚子候门的时候，心境便不同了。

"君子之交淡如水",因为淡所以才能不腻,才能持久。"与朋友交,久而敬之。"敬也就是保持距离,也就是防止过分的亲昵。不过"狎而敬之"是很难的。最要注意的是,友谊不可透支,总要保留几分。Mark Twain[①]说:"神圣的友谊之情,其性质是如此的甜蜜、稳定、忠实、持久,可以终生不渝,如果朋友不开口向你借钱。"这真是慨而言之。朋友本有通财之谊,但这是何等微妙的一件事!世上最难忘的事是借出去的钱,一般认为最倒霉的事又莫过于还钱。一牵涉到钱,恩怨便很难清算得清楚,多少成长中的友谊都被这阿堵物所戕害!

规劝乃是朋友中间应有之义,但是谈何容易。名利场中,沉瀣一气,自己都难以明辨是非,哪有余力规劝别人?而在对方则又良药苦口忠言逆耳,谁又愿意让人批他的逆鳞?规劝不可当着第三者的面前行之,以免伤他的颜面,不可在他情绪不宁时行之,以免逢彼之怒。孔子说:"忠告而善道之,不可则止。"我总以为劝善规过是友谊的消极的作用。友谊之乐是积极的。只有神仙和野兽才喜欢孤独,人是要朋友的。"假如一个人独自升天,看见宇宙的大观,群星的美丽,他并不能感到快乐,他必要找到一个人向他述说他所见的奇景,他才能快乐。"共享快乐,比共受患难,应该是更正常的友谊中的趣味。

---

① 马克·吐温。

时间即生命[①]

最令人触目惊心的一件事，是看着钟表上的秒针一下一下地移动，每移动一下就是表示我们的寿命已经缩短了一部分。再看看墙上挂着的可以一张张撕下的日历，每天撕下一张就是表示我们的寿命又缩短了一天。因为时间即生命。没有人不爱惜他的生命，但很少人珍视他的时间。如果想在有生之年做一点什么事，学一点什么学问，充实自己，帮助别人，使生命有意义，不虚此生，那么就不可浪费光阴。这道理人人都懂，可是很少人真能积极不懈地善于利用他的时间。

我自己就是浪费了很多时间的一个人。我不打麻将，我不经常听戏看电影，几年中难得一次，我不长时间看电视，通常只看半小时，我也不串门子闲聊天。有人问我："那么你大部分时间都做了些什么呢？"我痛自反省，我发现，除了职务上的必须及人情上所不能免的活动之外，我的时间大部分都浪费

[①] 选自梁实秋著，《雅舍杂文》，南京：江苏人民出版社，2020年4月。

了。我应该集中精力，读我所未读过的书，我应该利用所有时间，写我所要写的东西。但是我没能这样做。我好多的时间都糊里糊涂地混过去了，"少壮不努力，老大徒伤悲"。

例如，我翻译莎士比亚，本来计划于课余之暇每年翻译两部，二十年即可完成，但是我用了三十年，主要的原因是懒。翻译之所以完成，主要是因为活得相当长久，十分惊险。翻译完成之后，虽然仍有工作计划，但体力渐衰，有力不从心之感。假使年轻的时候鞭策自己，如今当有较好或较多的表现。然而悔之晚矣。再例如，作为一个中国人，经书不可不读。我年过三十才知道读书自修的重要。我披阅，我圈点，但是恒心不足，时作时辍。"五十以学易，可以无大过矣"，我如今年过八十，还没有接触过《易经》，说来惭愧。史书也很重要。我出国留学的时候，我父亲买了一套同文石印的前四史，塞满了我的行箧的一半空间，我在外国混了几年之后又把前四史原封带回来了。直到四十年后才鼓起勇气读了《通鉴》一遍。现在我要读的书太多，深感时间有限。无论做什么事，健康的身体是基本条件。我在学校读书的时候，有所谓"强迫运动"，我踢破过几双球鞋，打断过几支球拍。因此侥幸维持下来最低限度的体力。老来打过几年太极拳，目前则以散步活动筋骨而已。寄语年轻朋友，千万要持之以恒地从事运动，这不是嬉戏，不是浪费时间。健康的身体是做人做事的真正本钱。

利用零碎时间[①]

我常常听人说，他想读一点书，苦于没有时间。我不太同情这种说法。不管他是多么忙，他总不至于忙得一点时间都抽不出来。一天当中如果抽出一小时来读书，一年就有三百六十五小时，十年就有三千六百五十小时，积少成多，无论研究什么都会有惊人的成绩。零碎的时间最可宝贵，但是也最容易丢弃。我记得陆放翁有两句诗，"呼僮不应自生火，待饭未来还读书"，这两句诗给我的印象很深。待饭未来的时候是颇难熬的，用以读书岂不甚妙？我们的时间往往于不知不觉中被荒废掉，例如，现在距开会还有五十分钟，于是什么事都不做了，磨磨蹭蹭，五十分钟便打发掉了。如果用这时间读几页书，岂不较为受用？至于在"度周末"的美名之下把时间大量消耗的人，那就更不必论了。他是在"杀时间"，实在也是

[①] 选自梁实秋著，《梁实秋散文精读》，杭州：浙江人民出版社，2020年6月。

在杀他自己。

一个人在学校读书的时间是最可羡慕的一段时间,因为他没有生活的负担,时间完全是他自己的。但是很少人充分地把握住这个机会,多多少少地把时间浪费掉了。学校的教育应该是启发学生好奇求知的心理,鼓励他自动地往图书馆里钻研。假如一个人在学校读书,从来没有翻过图书馆书目卡片,没有借过书,无论他的功课成绩多么好,我想他将来多半不能有什么成就。

英国的一个政治家兼作者William Cobbett①(一七六二—一八三五)写过一本书《对青年人的劝告》,其中有一段"利用零碎时间",我觉得很感动人,译抄如下:

> 文法的学习并不需要减少办事的时间,也不需要占去必需的运动时间。平常在茶馆、咖啡馆用掉的时间以及附带着的闲谈所用掉的时间——一年中所浪费掉的时间——如果用在文法的学习上,便会使你在余生中成为一个精确的说话者、写作者。你们不需要进学校,用不着课室,无须费用,没有任何麻烦的情形。我学习文法是在每日赚六

---

① 威廉·科贝特。

便士当兵卒的时候,床的边沿或岗哨铺位的边沿便是我们研习的座位,我的背包便是我的书架子,一小块木板放在腿上便是我的写字台,而这工作并未用掉一整年的工夫。我没钱去买蜡烛油;在冬天除了火光以外,我很难得在夜晚有任何光,而那也只好等到我轮值时才有。

如果我在这种情形之下,既无父母又无朋友给我以帮助与鼓励,居然能完成这工作,那么任何年轻人,无论多穷苦,无论多忙,无论多缺乏房间或方便,可有什么借口的呢?为了买一支笔或一张纸,我被迫放弃一部分粮食,虽然是在半饥饿状态中。在时间上没有一刻钟可以说是属于自己的,我必须在十来个最放肆而又随便的人们之高谈阔论、歌唱嬉笑、吹哨吵闹当中阅读写作,而且是在他们毫无顾忌的时间里。莫要轻视我偶尔花掉的买纸笔墨水的那几文钱。那几文钱对于我是一笔大款!除了为我们上市场购买食物所费之外,我们每人每星期所得不过是两便士。我再说一遍,如果我能在此种情形下完成这项工作,世界里可能有一个青年能找到借口说办不到吗?哪一位青年读了我这篇文字,若是还要说没有时间、没有机会研习这学问中最重要的一项,他能不羞惭吗?

以我而论,我可以老实讲,我之所以成功,得力于严格遵守我在此讲给你们听的教条者,过于我的天赋的能力;因为天赋能力,无论多少,比较起来用处较少,纵然以严肃和克己来相辅，如果我在早年没有养成那爱惜光阴之良好习惯。我在军队获得非常快的擢升，有赖于此者胜过其他任何事物。我是"永远有备"；如果我在十点要站岗，我在九点就准备好了：从来没有任何人或任何事在等候我片刻时光。年过二十岁，从上等兵立刻升到军士长，越过了三十名中士，应该成为大家嫉恨的对象，但是这早起的习惯以及严格遵守我讲给你们听的教条，确曾消灭了那些嫉恨的情绪，因为每个人都觉得我所做的乃是他们所没有做的，而且是他们所永不会做的。

Cobbett这个人是工人之子，出身寒苦，早年在美洲从军，但是他终于因苦读自修而成功，他写了不少的书，其中有一部是《英文文法》。这是一个很感动人的例子。

养成好习惯[①]

人的天性大致是差不多的，但是在习惯方面却各有不同，习惯是慢慢养成的，在幼小的时候最容易养成，一旦养成之后，要想改变过来却还不很容易。

例如说：清晨早起是一个好习惯，这也要从小时候养成，很多人从小就贪睡懒觉，一遇假日便要睡到日上三竿还高卧不起，平时也是不肯早起，往往蓬首垢面地就往学校跑，结果还是迟到，这样的人长大了之后也常是不知振作，多半不能有什么成就。祖逖闻鸡起舞，那才是志士奋励的榜样。

我们中国人最重礼，因为礼是行为的轨范。礼要从家庭里做起。姑举一例：为子弟者"出必告，返必面"，这一点点对长辈的起码的礼，我们是否已经每日做到了呢？我看见有些

[①] 选自梁实秋著，《雅舍小品》，北京：作家出版社，2019年1月。

个孩子们早晨起来对父母视若无睹，晚上回到家来如入无人之境，遇到长辈常常横眉冷目，不屑搭讪。这样的跋扈乖戾之气如果不早早地纠正过来，将来长大到社会服务，必将处处引起摩擦不受欢迎。我们不仅对长辈要恭敬有礼，对任何人都应该维持相当的礼貌。

大声讲话，扰及他人的宁静，是一种不好的习惯。我们试自检讨一番，在别人读书工作的时候是否有过喧哗的行为？我们要随时随地为别人着想，维持公共的秩序，顾虑他人的利益，不可放纵自己，在公共场所人多的地方，要知道依次排队，不可争先恐后地去乱挤。

时间即是生命。我们的生命是一分一秒地在消耗着，我们平常不大觉得，细想起来实在值得警惕。我们每天有许多的零碎时间于不知不觉中浪费掉了。我们若能养成一种利用闲暇的习惯，一遇空闲，无论其为多么短暂，都利用之做一点有益身心之事，则积少成多终必有成。常听人讲过"消遣"二字，最是要不得，好像是时间太多无法打发的样子，其实人生短促极了，哪里会有多余的时间待人"消遣"？陆放翁有句云："待饭未来还读书。"我知道有人就经常利用这"待饭未来"的时间读了不少的大书。古人所谓"三上之功"，枕上、马上、厕上，虽不足为训，其用意是在劝人不要浪费光阴。

吃苦耐劳是我们这个民族的标识。古圣先贤总是教训我们要能过得俭朴的生活，所谓"一箪食，一瓢饮"，就是形容生活状态之极端的刻苦，所谓"嚼得菜根"，就是表示一个有志的人之能耐得清寒。恶衣恶食，不足为耻，丰衣足食，不足为荣，这在个人之修养上是应有的认识，罗马帝国盛时的一位皇帝，Marcus Aurelius，他从小就摒绝一切享受，从来不参观那当时风靡全国的赛车比武之类的娱乐，终其身成为一位严肃的苦修派的哲学家，而且也建立了不朽的事功。这是很值得钦佩的。我们中国是一个穷的国家，所以我们更应该体念艰难，弃绝一切奢侈，尤其是从外国来的奢侈。宜从小就养成俭朴的习惯，更要知道物力维艰，竹头木屑，皆宜爱惜。

以上数端不过是偶然拈来，好的习惯千头万绪，"勿以善小而不为"。习惯养成之后，便毫无勉强，临事心平气和，顺理成章。充满良好习惯的生活，才是合于"自然"的生活。

为什么不说实话[1]

听一个朋友说起一个有趣的故事，这是个老故事，但我是初次听见，所以以为有趣。他说：

有一家酒店，隔壁住着好几个酒徒，酒徒竟偷酒喝，偷酒的方法是凿壁成穴，以管入酒缸而吸饮之，轮流吸饮，每天夜晚习以为常。酒店老板初而惊讶酒浆损失之巨，继而暗叹酒徒偷饮技术之精，终乃思得报复之道。老板不动声色，入晚于置酒缸之处改置小便桶一，内中便溺洋溢，不可向迩。夜深人静，酒徒又来吮饮，争先恐后，欲解馋吻。甲尽力一吸，饱尝异味，挤眉咧嘴，汩汩自喉而下，刚要声张，旋思我若声张，别人必不再来上当，我独自吃亏，岂不太冤枉乎？有亏大家吃。于是甲连呼"好酒！好酒！"而退，乙继之，亦同样上当，亦同样不肯独

---

[1] 选自梁实秋著，《雅舍杂文》，南京：江苏人民出版社，2020年4月。

自上当，亦连呼"好酒！好酒！"而退。丙丁戊己，循序而饮，以至于全体酒徒均得分润。事毕环立，相视而笑。

我听过这个故事之后，心里有一点明白为什么有些人不肯说老实话。有些人宁愿自己吃亏，宁愿跟着别人吃亏，宁愿套引别人跟着他吃亏，而也不愿意把自己所实感的坦白直说出来。因为说出来之后，别人就不再吃亏，而他自己就显得特别委屈。别人和他同样地吃亏，他就觉得有人陪着他吃亏了，不冤枉了。

我又想：万一其中有一个心直口快，把老实话脱口而出，这个人将要受怎样的遭遇呢？我想这个人是不受欢迎的，并且还要受到诅咒，尤其是那些已经饮过小便而貌作饮过醇酿的人必定要骂这个人是个呆瓜！

要下水，大家拖下水。谁也不说老实话。说老实话就是呆瓜！

这种心理，到处皆然，要不得！

附录

梁实秋忆故人

文艺是有永久性的。好的作品永远也不会被人遗忘。志摩的作品在他生时即已享盛名，死后仍然是被许多真正爱好文艺的人所喜爱。最近我遇见几位真正认真写新诗的人，谈论起来都异口同声地说志摩的诗是最优秀的几个之一，值得研究欣赏。

辜鸿铭先生逸事[1]

辜鸿铭先生以茶壶譬丈夫，以茶杯譬妻子，故赞成多妻制，诚怪论也。

先生之怪论甚多，常告人以姓辜之故，谓始祖寔为罪犯。又言始祖犯罪，不足引以为羞；若数典忘祖，方属可耻云。

先生深于英国文学之素养。或叩以养成之道，曰：先背熟一部名家著作作根基。又言今人读英文十年，开目仅能阅报，伸纸仅能修函，皆由幼年读一猫一狗式之教科书，是以终其身只有小成。先生极赞成中国私塾教授法，以开蒙未久，即读四书五经，尤须背诵如流水也。

先生之书法，极天真烂漫之致，别字虽不甚多，亦非极

---

[1] 选自梁实秋著，《雅舍小品》，北京：北京联合出版公司，2014年12月。

少。盖先生生于异国，学于苏格兰，比壮年入张之洞幕，始沉潜于故邦载籍云。

先生好选《诗经》中成句，译英文诗，虽未能天衣无缝，亦颇极传神之妙，惜以古衣冠加于无色民族之身上耳。先生以"情"译Poetry，以"理"译Philosophy，以"事"译History，以"物"译Science，以"阴阳"译Physic，以"五行"译Chemistry，以"红福"译Juno，以"清福"译Minerva，以"艳福"译Venus，于此可见其融合中外之精神。

先生喜征逐之乐，顾不修边幅，既垂长辫，而枣红袍与天青褂上之油腻，尤可鉴人，粲者立于其前，不须揽镜，即有顾影自怜之乐。先生对于妓者颇有同情，恒操英语曰：Prostitute者，Destitute也（意谓卖淫者卖穷也）。

先生多情而不专，夫人在一位以上。尝娶日妇，妇死哭之悲，悼亡之痛，历久不渝。先生尝患贫，顾一闻丐者呼号之声，立即拔关而出，畀以小银币一二枚，勃谿[1]之声，尝因之而起。

先生操多种方言，通几国文字；日之通士，尤敬慕先生，

---

[1] 意为争吵、吵架。

故日本人所办之英文报纸，常发表先生忠君爱国之文字。文中畅引中国经典，滔滔不绝，其引文之长，令人兴喧宾夺主之感，顾趣味弥永，凡读其文者只觉其长，并不觉其臭。

悼念朱湘先生[①]

偶于报端得知朱湘先生死耗，但尚不知其详。文坛又弱一个，这是很令人难过的。我和朱先生幼年同学，近年来并无交往，然于友辈处亦当得知其消息，故于朱先生平素为人及其造诣，亦可以说略知一二。朱先生读书之勤，用力之专是很少见的，可惜的是他的神经从很早的时候就有很重的变态的现象。这由于早年家庭环境不良，抑是由于遗传，我可不知道。他的精神变态，愈演愈烈，以至于投江自尽，真是极悲惨的事。关于他的身世遭遇理解最深者，在朋友中无过于闻一多、饶子离二位。我想他们一定会写一点文字，纪念这位亡友的。

在上海申报自由谈（十二月十七日、十九日）有两篇追悼朱湘先生的文章略谓："他的死，可说完全是受社会的逼迫。固然，他的性情，不免孤僻，这是他的一般朋友所共知，不过

---

① 选自梁实秋著，《雅舍忆旧》，武汉：武汉出版社，2013年8月。

生活的不安，社会对他的漠视，.即是他自杀的近因。他不知道现在社会，只认得金钱，只认得势利，只认得权力，天才的诗人、贫苦女士，在它的眼下！朱湘先生他既不会蝇营狗苟，亦不懂得争权夺利，所以在这黑暗的社会中，只得牺牲一生了。我恐怕现在在社会的压迫下，度着困苦的生活，同他一样境遇的，还不知道有多少呢！朱湘先生之自杀，正是现代社会黑暗的反映，也正是现代社会不能尊重文人的表现。"（余文伟）

"这件事报纸上面好像没有什么记载，其实是很值得注意的，因为他的意义并不限于朱湘一个人。这位诗人的性情据说非常孤傲，自视很高。据他想象他这样一个诗人，虽然不能像外国的桂冠诗人一样，有什么封号；起码也应该使他生活得舒服一点，使他有心情写诗，可是这个混乱的中国社会，不但不给他舒服的生活，而且简直不给他生活，这样冷酷他自然是感到的。他不能认识社会，了解社会，既不承认能够纵容他，把他像花草一样培养起来的某种环境已经崩溃，更不相信那个光明灿烂的时期真会实现，所以他只看到一片深沉的黑暗。这种饮命的绝望，使他没有生活下去的勇气，使他不得不用自杀来解决内心的苦闷。朱湘已经死了，跟他选上这条死路的，恐怕在这大批彷徨践路的智识群中，还有不少候补者吧。"（何家槐）

这两位作者认定朱先生之自杀"完全是受社会的逼迫"，这个混乱的中国社会，"简直不给他生活"。对于死人，照例是应该说好话的。对于像朱先生这样有成绩的文人之死，自然格外地值得同情。不过，余何两位的文章，似乎太动了情感，一般不识朱先生的人，读了将起一种不十分正确的印象，就以为朱先生之死，一股脑儿地由"社会"负责。

中国社会之"混乱"自然是一件事实，在这社会中而要求"生活得舒服一点"的确是不容易。不过以朱湘先生这一个来说，我觉得他的死应由他自己的神经错乱负大部分责任，社会之"冷酷"负小部分责任。我想凡认识朱先生的将同意于我这判断。朱先生以"留学生""大学教授"的资格和他的实学而要求"生活得舒服一点"不是不可能的。不幸朱先生的脾气似乎太孤高了一点，不客气地说，太怪僻了一点，所以和社会不能调谐。若说"社会"偏偏要和文人作对，偏偏不给他生活，偏偏要逼他死，则我以为社会的"冷酷"，尚不至于"冷酷"至此！

文人有一种毛病，即以为社会的待遇太菲薄。总以为我能作诗，我能写小说，我能做批评，而何以社会不使我生活得舒服一点。其实文人也不过是人群中之一部分，凭什么他应该要求生活得舒适？他不反躬问问自己究竟贡献了多少？譬如，郁达夫先生一类的文人，报酬并不太薄，终日花天酒地，过的是中级的颓废生活，而提起笔来，辄拈酸叫苦，一似遭了社会的最不公的待遇，不得已才沦落似的。这是最令人看不起的地方。朱湘先生，并不是这样的人，他的人品是清高的，他一方面不同污合流地攫取社会的荣利，他另一方面也不嚷穷叫苦取媚读者。当今的文人，最擅长的是"以贫骄人"，好像他的穷即是他的过人长处，此真无赖之至。若以为朱先生之死完全由于社会的逼迫，岂非厚诬死者？

本来靠卖文为生是很苦的，不独于中国为然。在外国因为读书识字的人多，所以出版事业是盈利的大商业，因之文人的报酬亦较优厚，然试思十八世纪之前，又几曾听说有以卖文为生的文学家？大约除了家中富有或蒙贵人赏拔的人才能专门从事著述。从近代眼光看来，受贵人赏拔是件可耻的事。在我们中国文人一向是清苦的，在如今凋敝的社会里自然是更要艰窘。据何家槐君所说：

> 他的文章近几年来发表得很少，而且诗是卖不起钱的，要想靠这个维持生活真是梦想。听说有家杂志要他的诗稿，因他要求四元一行，那位素爱揩油的编辑就很生气地拒绝刊登。

我所怪的不是编辑先生之"拒绝刊登"，而是朱先生的"要求四元一行"，当然那位编辑先生之"很生气"是大可不必的。文学只好当作副业，并且当作副业之后对于文学并无妨。有些诗人以为能写十行八行诗之后便自命不凡地以为其他职业尽是庸俗，这实在是误解。我们看古往今来的多少文学家，有几人以文学为职业？当今有不少的青年，对于文学富有嗜好，而于为人处世之道遂不讲求，这不是健康的现象。我于哀悼朱湘先生之余，不禁得想起了这些话说。

朱先生之死是否完全由于社会逼迫，抑是还有其他错综的情形，尚有待于事实的说明，知其是精神错乱，他自己当然也很难负责，只能归之于命运，不过精神并未错乱的文人们，应该知道自爱，应该有健康的意志、理性和毅力，来面对这混乱的社会吧？

还有一点，写诗是和许多别种工作一样，并不见得一定要以"生活舒服一点"为先决条件的。饿了肚子当然是不好工作的，"穷而后工"也不过是一句解嘲的话。然而，若谓"生活得舒服一点"以后才能"有心情写诗"，这种理论我是不同意的。现下的诗人往往写下四行八行的短诗，便在后面缀上"于莱茵河边""于西子湖畔"，这真令人作呕。诗是在什么地方都可以写的，不必一定要到风景美的地方去。诗在什么时候都可以写的，不必一定要在"舒服"的时候。所谓"有心情写诗"，那"心情"不是视"舒服"与否而存减的。诗人并没有理由特别地要求生活舒适。社会对诗人特别推崇与供养，自然是很好的事，可是在诗人那方面并不该怨天尤人地要求供养。要做诗人应先做人。这并非是对朱湘先生的微词，朱湘先生之志行高洁是值得我们尊敬的，他的自杀是值得我们哀悼的。不过生活着的文人们若是借着朱先生之死而发牢骚，那是不值得同情的。

叶公超二三事[1]

公超在某校任教时,邻居为一美国人家。其家顽童时常翻墙过来骚扰,公超不胜其烦,出面制止。顽童不听,反以恶言相向,于是双方大声诟谇,秽语尽出。其家长闻声出视,公超正在厉声大骂:"I'll crown you with a pot of shit!"("我要把一桶粪浇在你的头上!")那位家长慢步走了过来,并无怒容,问道:"你这一句话是从哪里学来的?我有好久没有听见过这样的话了。你使得我想起我的家乡。"

公超是在美国读完中学才进大学的,所以美国孩子们骂人的话他都学会了。他说,学一种语言,一定要把整套的咒骂人的话学会,才算彻底。如今他这一句粪便浇头的脏话使得邻居和他从此成朋友。这件事是公超自己对我说的。

---

[1] 选自梁实秋著,高旭东、宋庆宝编选,《梁实秋集》,广州:花城出版社,2008年4月。

公超在暨南大学教书的时候，因兼图书馆长，而且是独身，所以就住在图书馆楼下一小室，床上桌上椅上全是书。他有爱书癖，北平北京饭店楼下Vetch①的书店，上海的别发公司，都是他经常照顾的地方。做了图书馆长，更是名正言顺地大量买书。他私人嗜读的是英美的新诗。英美的诗，到了第二次世界大战以后，才有所谓"现代诗"大量出现。诗风偏向于个人独特的心理感受，而力图摆脱传统诗作的范畴，偏向于晦涩。公超关于诗的看法与徐志摩闻一多不同。当时和公超谈得来的新诗作家饶孟侃（子离）是其中之一。公超由图书馆楼下搬出，在真茹乡下离暨南不远处租了几间平房，小桥流水，阡陌纵横，非常雅静。子离有时也在那里下榻，和公超为伴。有一天二人谈起某某英国诗人，公超就取出其人诗集，翻出几首代表作，要子离读，读过之后再讨论。子离倦极，抛卷而眠。公超大怒，顺手捡起一本大书投掷过去。虽未使他头破血出，却使得他大惊。二人因此勃豀。这件事也是公超自己对我说的。

公超萧然一身，校中女侨生某常去公超处请益。其人貌仅中姿，而性情柔顺。公超自承近于大男人沙文主义者，特别喜欢meek（柔顺）的女子。这位女生有男友某，扬言将不利于

---

① 维奇。

公超。公超惧，借得手枪一支以自卫。一日偕子离外出试枪，途中有犬猎猎，乃发一枪而犬毙。犬主索赔，不得已只得补偿之。女生旋亦返国嫁一贵族。

公超属于"富可敌国贫无立锥"的类型。他的叔父叶恭绰先生收藏甚富，包括其祖外公赵之谦的书法在内。抗战期间这一批收藏存于一家银行仓库，家人某勾结伪组织特务人员图谋染指，时公超在昆明教书，奉乃叔父电召赴港转沪寻谋处置之道，不幸遭敌伪陷害入狱，后来取得和解方得开释。据悉这部分收藏现在海外。而公超离开学校教席亦自此始。

公超自美大使卸任归来后，意态萧索。我请他在师大英语研究所开现代英诗一课，他碍于情面俯允所请。但是他宦游多年，实已志不在此，教一学期而去。自此以后他在政界浮沉，我在学校尸位，道不同遂晤面少，遇于公开集会中一面，匆匆存问数语而已。

我的一位国文老师[1]

  我在十八九岁的时候,遇见一位国文先生,他给我的印象最深,使我受益也最多,我至今不能忘记他。

  先生姓徐,名镜澄,我们给他取的绰号是"徐老虎",因为他凶。他的相貌很古怪,他的脑袋的轮廓是有棱有角的,很容易成为漫画的对象。头很尖,秃秃的,亮亮的,脸形却是方方的,扁扁的,有些像《聊斋志异》绘图中的夜叉的模样。他的鼻子眼睛嘴好像是过分地集中在脸上很小的一块区域里。他戴一副墨晶眼镜,银丝小镜框,这两块黑色便成了他脸上最显著的特征。我常给他漫画,勾一个轮廓,中间点上两块椭圆形的黑块,便惟妙惟肖。他的身材高大,但是两肩总是耸得高高,鼻尖有一些红,像酒糟的,鼻孔里常常藏着两筒清水鼻涕,不时地吸溜着,说一两句话就要用力地吸溜一声,有板有

---

[1] 选自梁实秋著,《雅舍忆旧》,武汉:武汉出版社,2013年8月。

眼有节奏，也有时忘了吸溜，走了板眼，上唇上便亮晶晶地吊出两根玉箸，他用手背一抹。他常穿的是一件灰布长袍，好像是在给谁穿孝，袍子在整洁的阶段时我没有赶得上看见，余生也晚，我看见那袍子的时候即已油渍斑斓。他经常是仰着头，迈着八字步，两眼望青天，嘴撇得瓢儿似的。我很难得看见他笑，如果笑起来，是狞笑，样子更凶。

我的学校很特殊。上午的课全是用英语讲授，下午的课全是国语讲授。上午的课很严，三日一问，五日一考，不用功便要被淘汰，下午的课稀松，成绩与毕业无关。所以每到下午上国文之类的课程，学生们便不踊跃，课堂上常是稀稀拉拉的不大上座，但教员用拿毛笔的姿势举着铅笔点名的时候，学生却个个都到了，因为一个学生不只答一声"到"。真到了的学生，一部分从事午睡，微发鼾声，一部分看小说如《官场现形记》《玉梨魂》之类，一部分写"父母亲大人膝下"式的家书，一部分干脆瞪着大眼发呆，神游八表。有时候逗先生开玩笑。国文先生呢，大部分都是年高有德的，不是榜眼，就是探花，再不就是举人。他们授课也不过是奉行故事，乐得敷敷衍衍。在这种糟糕的情形之下，徐老先生之所以凶，老是绷着脸，老是开口就骂人，我想大概是由于正当防卫吧。

有一天，先生大概是多喝了两盅，摇摇摆摆地进了课堂。这一堂是作文，他老先生拿起粉笔在黑板上写了两个字，题目尚未写完，当然照例要吸溜一下鼻涕。就在这吸溜之际，一位性急的同学发问了："这题目怎样讲呀？"老先生转过身来，冷笑两声，勃然大怒："题目还没有写完，写完了当然还要讲，没写完你为什么就要问？……"滔滔不绝地吼叫起来，大家都为之愕然。这时候我可按捺不住了。我一向是个上午捣乱下午安分的学生，我觉得现在受了无理的侮辱，我便挺身分辩了几句。这一下我可惹了祸，老先生把他的怒火都泼在我的头上了。他在讲台上来回踱着，吸溜一下鼻涕，骂我一句，足足骂了我一个钟头，其中警句甚多，我至今还记得这样的一句：

"×××！你是什么东西？我一眼把你望到底！"

这一句颇为同学们所传诵。谁和我有点争论遇到纠缠不清的时候，都会引用这一句——"你是什么东西？我一眼把你望到底！"当时我看形势不妙，也就没有再多说，让下课铃结束了先生的怒骂。

但是从这一次起，徐先生算是认识我了。酒醒之后，他给我批改作文特别详尽。批改之不足，还特别地当面加以解释，我这一个"一眼望到底"的学生，居然成为一个受益最多的学生了。

徐先生自己选辑教材，有古文，有白话，油印分发给大家。《林琴南致蔡子民书》是他讲得最为眉飞色舞的一篇。此外如吴敬恒的《上下古今谈》，梁启超的《欧游心影录》，以及张东荪的时事新报社论，他也选了不少。这样新旧兼收的教材，在当时还是很难得的开通的榜样。我对于国文的兴趣因此而提高了不少。徐先生讲国文之前，先要介绍作者，而且介绍得很亲切，例如，他讲张东荪的文字时，便说："张东荪这个人，我倒和他一桌吃过饭……"这样的话是相当可以使学生们吃惊的。吃惊的是，我们的国文先生也许不是一个平凡的人吧，否则怎样能够和张东荪一桌上吃过饭！

徐先生于介绍作者之后，朗诵全文一遍。这一遍朗诵可很有意思。他打着江北的官腔，咬牙切齿地大声读一遍，不论是古文或白话，一字不苟地吟咏一番，好像是演员在背台词，他把文字里的蕴藏着的意义好像都给宣泄出来了。他念得有腔有调，有板有眼，有情感，有气势，有抑扬顿挫，我们听了之后，好像是已经领会到原文意义的一半了。好文章掷地做金石声，那也许是过分夸张，但必须可以朗朗上口，那却是真的。

徐先生之最独到的地方是改作文。普通的批语"清通""尚可""气盛言宜",他是不用的。他最擅长的是用大墨杠子大勾大抹,一行一行地抹,整页整页地勾;洋洋千余言的文章,经他勾抹之后,所余无几了。我初次经此打击,很灰心,很觉得气短,我掏心挖肝地好容易诌出来的句子,轻轻地被他几杠子就给抹了。但是他郑重地给我解释一会儿,他说:"你拿了去细细地体味,你的原文是软趴趴的,冗长,懒啦光唧的,我给你勾掉了一大半,你再读读看,原来的意思并没有失,但是笔笔都立起来了,虎虎有生气了。"我仔细一揣摩,果然。他的大墨杠子打得是地方,把虚泡囊肿的地方全削去了,剩下的全是筋骨。在这删削之间见出他的功夫。如果我以后写文章还能不多说废话,还能有一点点硬朗挺拔之气,还知道一点"割爱"的道理,就不能不归功于我这位老师的教诲。

徐先生教我许多作文的技巧。他告诉我:"作文忌用过多的虚字。"该转的地方,硬转;该接的地方,硬接。文章便显着朴拙而有力。他告诉我,文章的起笔最难,要突兀矫健,要开门见山,要一针见血,才能引人入胜,不必兜圈子,不必说套语。他又告诉我,说理说至难解难分处,来一个譬喻,则一切纠缠不清的论难都迎刃而解了，何等经济，何等手腕！诸如此类的心得，他传授我不少，我至今受用。

我离开先生已将近五十年了，未曾与先生一通音讯，不知他云游何处，听说他已早归道山了。同学们偶尔还谈起"徐老虎"，我于回忆他的音容之余，不禁还怀着怅惘敬慕之意。

关于徐志摩[1]

文艺是有永久性的。好的作品永远也不会被人遗忘。志摩的作品在他生时即已享盛名,死后仍然是被许多真正爱好文艺的人所喜爱。最近我遇见几位真正认真写新诗的人,谈论起来都异口同声地说志摩的诗是最优秀的几个之一,值得研究欣赏。……我不拟批评他的成就,我现在且谈谈徐志摩这个人。他的为人全貌,不是我所能描绘的,我只是从普通的角度来测探他的性格之一斑。

普鲁士王佛得利克大帝[2]初见歌德,叹曰:"这才是一个人!"在同一意义下,也许具体而微的,我们也可以估量徐志摩说:"这才是一个人!"我的意思是说,志摩是一个活力充沛的人。活力充沛的人在世间并不太多,往往要打着灯笼去找

---

[1] 选自杨迅文主编,《梁实秋文集》编辑委员会编,《梁实秋文集·第3卷》,厦门:鹭江出版社,2002年10月。
[2] 今译弗雷德里克大帝。

的。《世说新语》里有一则记载王导的风度：

> 王丞相拜扬州，宾客数百人并加沾接，人人有说色。惟有临海一客姓任及数胡人为未洽。公因便还到任边云："君出，临海便无复人。"任大喜说。因过胡人前，弹指云："兰阇、兰阇。"群胡同笑，四座并欢。

一个人能使四座并欢，并不专靠恭维应酬，他自己须辐射一种力量，使大家感到温暖。徐志摩便是这样的一个人。我记得在民国十七八年①之际，我们常于每星期六晚在胡适之先生极斯菲尔路寓所聚餐。胡先生也是一个生龙活虎一般的人，但于和蔼中寓有严肃，真正一团和气使四座并欢的是志摩。他有时迟到，举座奄奄无生气，他一赶到，像一阵旋风卷来，横扫四座，又像是一把火炬，把每个人的心都点燃。他有说，有笑，有表情，有动作，至不济也要在这个的肩上拍一下，那一个的脸上摸一把，不是腋下夹着一卷有趣的书报，便是袋里藏着有趣的信札，弄得大家都欢喜不置。自从志摩死后，我所接触的人还不曾有一个在这一点上能比得上他。但是因此也有人要批评他，说他性格太浮。这批评也是对的。他的老师梁任公先生在给他与陆小曼结婚典礼中证婚时便曾当众指着他说：

---

① 指一九二八年至一九二九年。

"徐志摩！这个人，性情太浮，所以学问做不好！……"这是志摩的又一面。

志摩对任何人从无疾言厉色。我不曾看见过他和人吵过架，也不曾看见过他和人打过笔墨仗。我们住在上海的时候，文艺界正在多事之秋，所谓"左翼"，所谓"普罗文学"，正在锣鼓喧天，苏俄的文艺政策正由鲁迅翻译出来而隐隐然支配着若干大小据点。《新月》杂志是在这个时候在上海问世的。第一卷第一期卷首的一篇宣言《我们的态度》[①]，内中揭橥[②]"尊严"与"健康"二义，是志摩的手笔，虽然他没有署名。《新月》的总编辑，我和志摩都先后担任过。志摩时常是被人攻击的目标之一，他从不曾反击，有人说他怯懦，有人说他宽容。他的精神和力量用在文艺创作上，则是一项无可否认的事实。《新月》杂志在文艺方面如有一点成绩，志摩的贡献是最多的一个。

志摩的家世很优裕，他的父亲是银号的经理，他在英国在德国又住了很久，所以他有富家子的习惯外加上一些洋气，总之颇有一点任性。民国十六年[③]，暨南大学改组，由郑洪年

---

① 应为《新月的态度》。
② 揭示，显示。橥，音同猪，用为标识的小木桩。
③ 指一九二七年。

任校长。叶公超为外文系主任，我也在那里教书，我们想把志摩也拖去教书，郑洪年不肯，他说："徐志摩？此人品行不端！"其实他的"品行不端"处究竟何在，我倒是看不出来。平心而论，他只是任性而已。他的离婚再娶，我不大明白，不敢议论。在许多小节上，可以看出他的一些性格。他到过印度，认识了印度的诗人泰戈尔，颇心仪其人，除了招待泰戈尔到中国来了一趟之外，后来他还在福煦新村寓所里三层楼的亭子间布置了一间印度式的房间，里面没有桌椅，只有堆满软靠垫的短榻和厚茸茸的地毯，他进入里面随便地打滚。他在光华大学也教一点书，但他不是职业的教师，他是一个浪漫的自由主义者。他曾对我说过，《尊严与健康》的那篇宣言，不但纠正时尚，也纠正了他自己。他所最服膺的一个人是胡适之先生，胡先生也最爱护他。听说胡先生之所以约他到北平大学去教书，实在的动机是要他离开烦嚣的上海，改换一种较朴素的北平式的生活。不料因此而遭遇到意外的惨死。

陆小曼的山水长卷[1]

最近看到陈从周先生的一篇文章——《含泪中的微笑——记陆小曼画山水长卷》。陈先生和徐志摩有姻娅关系,有关志摩与小曼的事情他知道得最多。陈先生这篇文章,含有我们前所未知的资料,弥足珍贵。谨先就陈先生所提供的资料择要抄述于后。

陆小曼是常州人,生于一九〇三年农历九月十九日,卒于一九六五年四月三日,享年六十三岁。她临终时把三件东西交付给陈从周先生,一是《徐志摩全集》的一份样本,一箱纸版;二是梁启超为徐写的一副长联;三是她自己画的山水长卷。陈先生把全集送给了北京图书馆,梁联及画卷交给浙江博物馆,总算保存了下来。可惜的是全集纸版归还了徐家,在所谓"十年内乱"期间于抄家中失去了。

---

[1] 选自梁实秋著,《雅舍忆旧 修订本》,南京:江苏人民出版社,2020年4月。

山水长卷是小曼的早期作品,结婚后在上海拜贺天健为师学画,陈先生许为"秀润天成"。此画作于一九三一年春,时小曼二十九岁。这长卷由志摩于夏间携去北京,托邓以蛰(叔存)先生为之装裱。装成,邓有跋语说明。胡适之先生在下面题了一首诗,诗曰:

　　画山要看山,画马要看马。
　　闭门造云岚,终算不得画。
　　小曼聪明人,莫走这条路。
　　拼得死工夫,自成真意趣。

小曼学画不久,就作这山水大幅,功力可不小!我是不懂画的,但我对于这一道有一点很固执的意见,写成韵语,博小曼一笑。

适之、二十、七、八、北京

陈先生说,胡适这一个观点是以前没有发表过的。杨铨(杏佛)先生题了一首唱反调的诗:

　　手底忽现桃花源,胸中自有云梦泽,
　　造化游戏成溪山,莫将耳目为桎梏。

小曼作画，适之讥其闭门造车，不知天下事物，皆出意匠，过信经验，必为造化小儿所笑也。质之适之、小曼、志摩以为如何？

　　　　　　　　　二十年①七月二十五日杨铨

小曼的老师贺天健后来也题了一首诗：

　　东坡论画鄙形似，懒瓒云山写意多；
　　摘得骊龙颔下物，何须粉本拓山阿。

梁鼎铭先生也有一段题识，他说：

　　……只是要有我自己，虽然不像山，不像马，确有我自己在里头就得了。适之说，小曼聪明人，我也如此说，她一定能知道的。适之先生以为如何？……

较长的题跋是陈蝶野先生的，他说：

　　……今年春予居湖上，三月归，访小曼，出示一卷，居然崇山叠岭，云烟之气缭绕楮墨间，予不知小曼何自得此造诣也。志摩携此卷北上，归而重展，居然题跋名家缀

---

① 指一九三一年。

满纸尾。小曼天性聪明,其作画纯任自然,自有其价值,固无待于名家之赞扬而后显。但小曼决不可以此自满。为学无止境,又不独为画然也。

> 蝶野

这一幅山水长卷,徐志摩随带在身,一九三一年夏,预备到北京再请人加题,不料坠机而亡,但是这幅画却未毁掉,小曼一直保存到死。陈从周先生在题记中说:"历劫之物,良足念也。"如果不是他把这幅画送交浙江博物馆,恐此画早已被劫。

以上是抄述陈先生的大文。兹略述感想。

陆小曼是聪明人,大家所公认。她一向被人视为仅仅交际场中的一个名人,这是不公道的,她有她较为高尚的一面。沉溺在鸦片烟的毒雾里,因而过了一段堕落糜烂的生活,这也是事实。胡适之先生曾对朋友们说:"志摩如果再在上海住下去,他会被毁了的。"所以他把他请到北京去教书。但是志摩没有对小曼绝望,他还是鼓励她向上。看这幅山水长卷,就是在堕落糜烂期间完成的。她并不自甘于堕落。听说以后她戒绝了鸦片,在绘画方面颇为用功,证之陈从周先生所说"她画的山水,秀润天成,到晚年则渐入苍茫之境",更足以令我们相信她已脱胎换骨，有了完全不同的风貌。

小曼在二十九岁，学画不久，就能画出这样的一幅山水长卷，难怪胡适之先生要说"功力可不小"！言外之意可能是不信她有此功力。这张画我没见过，就我所见的陈先生大文附刊的图片而论，虽然模糊不清，但也可以看出布局的大概。在用笔用墨方面还看不出造诣的深浅，大概是走的纤细工整的路子。一般人学画都是从临摹入手，即使没有机会临摹古人的真迹，往往也有粉本可资依据。小曼此画是否完全自出机杼，我们不能臆断。

撇开陆小曼的画不论，胡适之先生的题诗及其引起的反调，倒是颇有趣味的一个论题。胡先生是一贯的实验主义者，涉及文艺方面他就倾向于写实。所以他说："画山要看山，画马要看马。"有物在眼前，画起来才不走样。这话不是没有道理。尤其是对于初学画者，须先求其形似，然后才能摆脱形迹挥洒自如。西洋画就是这样，初学者就是要下死功夫白描石膏。即使功夫已深，画人物一大部分仍然要有模特儿。其实我们中国画家也不是不知道这一番道理。赵子昂画马不是自己也趴在地上揣摩马的各种姿态吗？中国的山水画家哪一个不是喜欢遨游天下名山大川？我从前胆大妄为，曾摹画过一张《蜀山图》，照猫画虎，不相信天下真有那样的重峦叠嶂峰回路转的风景，后来到了四川，登剑门，走栈道，才知道古人山水画皆有所本，艺术模仿自然，诚然不虚。甚至看了某些风景居然入画，所谓"天开图画即江山"，省悟到"自然模仿艺术"之说亦非妄作。大抵画家到了某一境界，胸中自有丘壑，一山一水一石一木，未必实有其境，然皆不悖于理，此之谓创作。